河出文庫

人生に必要な知恵はすべて幼稚園の砂場で学んだ

決定版

R・フルガム
池央耿 訳

河出書房新社

目次

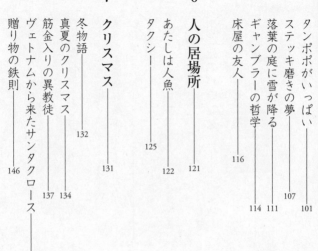

決定版をお届けするに当たって

本書の初版は、ここで繰り返すに価する大切な言葉ではじまっている。決定版をお届けするに当たって、いくつかご承知おき願いたいことがある。

これからお読みになる文章は、長年にわたって少しずつ書き溜めたもので、後から考え直しては、筆を入れたり、ところどころ刈り込んだり、と推敲を重ねるうちに、いつしか今ある形になった。その間、わたしはあちらこちらと移り住み、さまざまな職業を転々とし、広く世界を旅して歩いた。評論とも随想ともつかぬ一連の雑文は、友人や家族、教会の集まり、教え子などに語りかける内容で、時にはわたし自身をも対象としているが、もとより本にする気はさらさらなかった。日々の見聞や、おりふしの偶感を書き綴ったこの掌文集を、わたしは名付けて「話の落ち穂拾い」と言っている。

この中の一節、わたしが幼稚園で学んだことを述べたくだりが口伝てに広まってひとり歩きをはじめ、家庭の冷蔵庫や、公共の掲示板に貼り出されるようになった。ある時、学校がわたしの文章を刷り物にして生徒に配ったが、子供がナップザックに入れて持ち帰ったプリントを読んだ母親のなかに出版エージェントの仕事をしておいでの方があり、早速、手紙を下さった。ほかにも何か書いたものはないかというお尋ねである。ないことはない、とわたしは答えた。これをきっかけに、不思議の国にでもいるように、とんとん拍子に話が進んで出来上がったのが先の『人生に必要な知恵はすべて幼稚園の砂場で学んだ』である。

公正包装表示法に基づいてこの場でお断りしておくと、巻中、故なくして悪玉扱いをされていたり、引き合いに出されて迷惑に思ったり、あるいはその両方という人々がいないとも限らないことを考慮して、人名や事実関係には多少の脚色を加えてある。わたしは調査報道記者ではない。

その上、わたしは公認の「ストーリーテラーズ・ライセンス――語り手免許証」を持っている。さる友人がこれを作って、デスクの前の壁に貼ってくれた。ご案内の通り、ライセンスには免許のほかに、創作の自由という意味がある。わたしは話の効果を上げるために、真実を損なわない範囲でいくらかの虚構をまじえることを許されているのである。詩や寓話の真実は、科学や法廷における真実とは自ずから性質が違う。これは読者諸賢も先刻ご承知のことだろう。

もうひとつ、わたしは物を言う際にありがちな「ここに述べたことは、あくまでも筆者の個人的見解である」式の予防線を張る気はない。年を取るにつれて、わたしの考えることは思考世界というスーパーマーケットの棚から選んだ商品の寄せ集めだとつくづく思うようになった。自分のものと言えるのは、頭を過《よぎ》る想念に向き合う態度だけである。この主題を展開する手がかりに、『幼稚園』刊行十五周年を記念する決定版を、ある車のバンパーステッカーで見た含蓄の深い警句からはじめようと思う。

思ったことを丸ごと信じるな

紺色の古びたフォードのピックアップトラック。後部のバンパーにこのステッカーが貼ってある。

場所はニューメキシコ州サンタフェ。わたしはひとりで車を走らせていた。一月のことである。日暮れて雪が激しくなった。もう長いこと、くっきり見えるのは前を行くトラックのバンパーの文字だけで、明滅するブレーキランプの赤い光に照らされて、何やら急を告げるかのようだった。一街区、のろのろ行っては停止する。赤ランプが点って、ステッカーを読む。またのろのろと一街区。停止。点灯。ステッカー。

〈思ったことを丸ごと信じるな〉

この言葉はわたしの意識に消えやらぬ残像を焼きつけた。これまでの生涯に懐《いだ》いた愚かしく、益体《やくたい》もない、もしくは稚拙な考えをことごとく思い出させる言葉である。ひとたび馴染んだ考えは、抜き難く脳細胞に刷り込まれている。後に新しい事実を知り、あるいは、経験が訂正を強いて打ち捨てた考えも、すべて記憶に保存されている。

よく古い日記を読み返して思うことがある。「こんなことを考えていたなんて、信じられない」だが、考えていたのは事実であって、今さら否定のしようもない。それどころか、当時のわたしは世論の法廷で、強硬に自説を主張したに違いないのである。

また一方に、歳月を経てもこれは確かだと思えることがある。

この確信は動かない。人生体験の波風にさらされてびくともしない強固な信念である。人間、何をどう考えるかはいろいろだが、そうした中に、きっと時間を超えて持続する知恵がある。ならば、どの考えが長続きするだろうか。これは実地検証を要する問題ではないか。

『人生に必要な知恵はすべて幼稚園の砂場で学んだ』は、刊行十五年を過ぎてなお版を重ねている。サンタフェのバンパーステッカー体験に照らして、わたしは『幼稚園』の理念がどこまで厳しい評価に耐えられるか、検証を試みた。旧版に織り込んだ考えを、わたしは今も大事にしているだろうか。それとも、考えが変ったろうか。変ったなら変ったで、わたしはどうしたらよかろうか？

十五年前の本を改訂再刊するというのはめったにないことである。何故だろう？　増補して中身がよくなるなら、その本はますます読みでがあって、ためになるはずではないか。『幼稚園』は、物の見方について一つの態度を標榜している。繰り返し目を凝らすことである。そこで、わたしは自著をとっくと読み直した。

いざ取りかかってみると、改訂は思ったよりも大幅になった。何編かの文章は内容が古くなったか、事実、わたしの考えが変ったかで削除した。わたしの言わんとするところをより端的に表現する逸話に差し替えた箇所もある。

本書には二十五章を補筆し、もともとの文章は簡潔を心懸けてほとんどに若干の手直しを加えた上、繋がり具合を考えて順序を入れ替えた。こうして、ここに新編が完成した。今のところは、これが決定版である。

とはいえ、安心するのはまだ早い。十五年後にこの本を読んだら、わたしはどう感じるだろうか。むろん、まだ元気で、感受性が鈍麻していなければの話である。幸い、それまで生きていられたら、わたしはきっとまた改版を思い立つだろう。なろうことなら、そう願いたい。改版の理由も今回と同じと考えていい。年を取れば考えが変る。かつて思ったことを丸ごと信じてはいない自分に気がつかないわけがない。

さもなければ、十五年後のわたしは今と同じ考え方で、確信も大方は揺るがず、充分、反復に耐えるかもしれない。語り手免許証に盛り込まれている「ストーリーテラーズ・クリード——語り手の信条」はその最たる例だろう。

想像は知識より強い。
神話は歴史よりも意味深い。
夢は現実より感動的である。
希望は常に体験に優る。

笑いだけが悲しみを癒す。
愛は死よりも強い。

――二〇〇三年、ロバート・フルガム

人生に必要な知恵はすべて幼稚園の砂場で学んだ

決定版

1 わたしの生活信条《クレド》

人生に必要な知恵はすべて幼稚園の砂場で学んだ

何よりもまず、わたしは本当に必要なすべてを幼稚園で学んだろうか？　今なお、そう信じているだろうか？　以下に、わたし自身の寸感を添えて、もとの文章を再録する。

若い頃からの習慣で、わたしは毎年春ごとに、わたし個人の生活信条を文章にすることにしている。すなわち、わたしの〈クレド（信条集）〉である。はじめのうちはこれが何ページにもわたる長いものだった。人生の根幹にかかわる問題をすべて網羅しなければ気が済まず、何もかもきちんと辻褄を合わせなくてはならないと思いつめていたからだ。できあがった文章はまるで最高裁の弁論趣意書といったおもむきで、人生の悩み苦しみはことごとく言葉によって解決できるとでも考えているふうな、ふりかぶった調子だった。

年を重ねるにつれて、わたしの〈クレド〉は次第に短くなった。ある時は斜に構え、またある時はくだけて滑稽に、かと思うと、口当たりよく穏やかに、と文章はいろいろに変ったが、わたしは習慣を守って書き続けた。ここ数年来、わたしはこの〈クレド〉をやさしい言葉で一ページ以内にまとめる決まりにしている。いささか単純な理想主義であることは承知の上である。

短いことはいいことだ、と気づいたきっかけはガソリンスタンドだった。ある時、わたしはおんぼろ車にスーパー・デラックス・ハイオクタン・ガソリンを入れるというへまをやってのけたのだ。わたしのポンコツはこの強力なガソリンをもてあまして消化不良におちいった。交差点ではエンストするし、下り坂ではやたらにうるさい音を発する始末である。わたしははたと膝をたたいた。わたしの頭と心でも、よくこれと同じことが起こっているではないか。あまりにもいろいろなことを頭に詰め込みすぎると、かえって血のめぐりが悪くなる。車が交差点でエンストするように、選択を迫られる人生の節目節目で足がすくんで動けなくなってしまうのだ。すぎたるはおよばざるがごとしで、何でも知っているというのは、何も知らないのと同じことである。思索の人生もなかなか楽ではない。

と、そこでわたしは、充実した人生を送るために必要なことは、すでにあらかた知っているのだということに思い至った。しかも、それはそんなにむずかしいことではない。わたしにはわかっている。もうずっと前からわかっていた。なら、わたしはそのわかっているところに従って生きてきたか、となるとこれはまた話が別だけれども……。目から鱗が落ちて、わたしは考えた。

人間、どう生きるか、どのようにふるまい、どんな気持で日々を送ればいいか、本当に知っていなくてはならないことを、わたしは全部残らず幼稚園で教わった。人生の知恵は大学院という山のてっぺんにあるのではなく、日曜学校の砂場に埋まっていたのである。わたしはそこで何を学んだろうか。


何でもみんなで分け合うこと。

ずるをしないこと。

人をぶたないこと。

使ったものは必ずもとのところに戻すこと。

ちらかしたら自分で後片づけをすること。

人のものに手を出さないこと。

誰かを傷つけたら、ごめんなさい、と言うこと。

食事の前には手を洗うこと。

トイレに行ったらちゃんと水を流すこと。

焼きたてのクッキーと冷たいミルクは体にいい。

釣り合いの取れた生活をすること――毎日、少し勉強し、少し考え、少し絵を描き、歌い、踊り、遊び、そして少し働くこと。

毎日かならず昼寝をすること。
おもてに出るときは車に気をつけ、手をつないで、はなればなれにならないようにすること。
不思議だな、と思う気持を大切にすること。発泡スチロールのカップにまいた小さな種のことを忘れないように。種から芽が出て、根が伸びて、草花が育つ。どうしてそんなことが起きるのか、本当のところは誰も知らない。でも、人間だっておんなじだ。

金魚も、ハムスターも、二十日鼠も、発泡スチロールのカップにまいた小さな種さえも、いつかは死ぬ。人間も死から逃れることはできない。

ディックとジェーンを主人公にした子供の本で最初に覚えた言葉を思い出そう。何よりも大切な意味を持つ言葉。「見てごらん」

人間として知っていなくてはならないことはすべて、このなかに何らかの形で触れてある。ここには、人にしてほしいと思うことは自分もまた人に対してそのようにしなさいというマタイ伝の教え、いわゆる「黄金律」の精神や、愛する心や、衛生の基本が述べられている。エコロジー、政治、それに、平等な社会や健全な生活についての考察もある。

このなかから、どれなりと項目をひとつ取り出して、知識の進んだ大人向けの言葉に置き換えてみるといい。そして、それを家庭生活や、それぞれの仕事、国の行政、さらには世間一般に当てはめてみれば、きっとそのまま通用する。明快で、揺るぎない。わたしたちみんなが、そう、世界中の人々が、三時のおやつにクッキーを食べてミルクを飲み、ふかふかの毛布にくるまって昼寝ができたら、世の中どんなに暮しやすいことだろう。あるいはまた、各国の政府が使ったものは必ずもとのところに戻し、ちらかしたら自分で後片づけをすることを基本政策に掲げて、これをきちんと実行したら世界はどんなによくなるだろう。

それに、人間はいくつになっても、やはり、おもてに出たら手をつなぎ合って、はなればなれにならないようにするのが一番だ。

幼稚園の深み

これを書いている今、わたしは六十五歳である。老人というにはまだ間があるが、それでも、ずいぶん長く生きている。幼稚園は遠い昔のことである。わたしは今、何を知っているだろうか？

〈幼稚園のクレド〉は子供向けの話ではない。基本的なことがらを扱っているのは事実だが、だといって、単純と思うのは間違いである。

この一文は、誰もが遅かれ早かれ、教室の窓から外を見て、ふと懐く疑問に答えている。自分はどうしてこんなところにいるのだろう？　何のために学校へ行かなくてはならないのだろうか？

人は社会に順応するため、すなわち、人間社会の根本的な成り立ちを知るために学校へ行く。人は幼くして家庭から外の世界へ送り出される。それが学校である。否も応もない。社会は教育の重要性を認識しているから、誰だろうと学校は行かなくてはならない。これは原則である。学校では、文明が依って立つ基礎について教える。まずは年端もいかない子供に理解できる言葉で物事を説明するのである。

六歳の子供にむずかしい話をしても意味がない。「科学的研究が明らかにするところ、地球資源の公平な分配なくして人間社会は機能し得ない」まったくその通りで、うんざりするほど正しい発言だが、これでは子供にわからない。教師はそこで、生徒が二十人いて、ボールが五つ、イーゼルが四つ、積み木が三組、モルモットが二匹、トイレが一ヶ所、と嚙み砕く。公平を願うなら、何でもみんなで分け合わなくてはならない。

同様に、「人間、および、社会の建設的相互関係を見るに、暴力が総じて好ましくない結果をもたらすことは過去の例からも明らかである」と言ったところで、子供には無理だろう。これも、その通りには違いないが、ならば、社会も学校もルールは同じだと話した方が子供にはわかりやすい。人をぶたないこと、である。世の中、いいことばかりではない。これが最初のルールと結びついていることを、子供は知らなくてはいけない。人をぶてば、何でも分け合うことはできないし、公平は願えない。

六歳の子供に、環境汚染や環境破壊の代償と深刻な影響を説明することは極めてむずかしい。だが、大人が幼稚園の教えを守らなかったばかりに、現代社会は大変な犠牲を払っている。ちらかしたら自分で後片づけをすること。使ったものは必ずもとのところに戻すこと。人のものに手を出さないこと。いずれも忘れてはならない戒めである。

「歴史の時代区分は、哲学や政治論の体系化より、むしろ疾病の解明に多く規定される」いかにも、その通りだ。衛生の基本として、糞尿で手を汚さないように気をつけるのは、精神の汚濁を排することに劣らず大切である。しかし、子供にそれを教えるなら、トイレで用を足して水を流し、きちんと手を洗うように言うだけでいい。

まだこのほかにもいろいろある。子供は学校に上がったその日から、共同体や文化の基礎として重要視されていることを身の丈に合った言葉で教わる。教師はそれを「単純なルール」と言うかもしれないが、その実、そこで子供が学習するのは、人間の可能性を押し広げようとした先人たちが努力を重ね、試行錯誤を繰り返して選び抜いた行動規範の精髄である。

そのことを知った子供は、やがて実験コースに進む。学んだ教訓は、日々、実践に努めなくてはならない。知識は行動に活かされてはじめて意味を持つ。人類は、ただ考えるだけでなく、実際の行いが人をして人たらしめることを、さまざまな困難を通して悟った。これは子供と大人の別なく、教室であれ、国家であれ、およそ社会と名のつくところに共通の真理である。

幼稚園で学んだはずなのに、大半の人々が本当には理解していないことがあって、毎度ながらびっくりする。教区の牧師をしていた頃、よく人から不安を訴えられて、わたしは開いた口が塞《ふさ》がらなかった。「病院からまっすぐここへ来たのだが、医者が言うには、どのみち、人間、そう長いことはないとさ」

わたしは怒鳴りたいのを我慢するのがやっとだった。「え？　知らなかった？　それを聞くのに、わざわざ医者に金を払ったって？　その年で？　幼稚園で、コップに綿を入れて、水を染ませて、種を蒔いたことがあるはずだろう。その時、どこで何をしていたね？　生命が育ったことは、憶えているだろう？　芽が出て、草は根を下ろした。奇跡だよ。ところが、何日かして草は枯れてしまったね。死んだんだ。命は短い。幼稚園で、コップの草が伸びて枯れるまで、君は眠りこけていたのか、それとも、家が恋しくて心ここになかったか、どうなんだ？」

口にこそ出さなかったが、わたしがこんなふうに思ったことは事実だし、この考えは間違っていない。ここで肝腎なのは、はじめから全体像を知っておくことである。生と死。生死は一事。ただ一度の短い出来事である。それを忘れてはならない。

もうひとつ、誰もがすぐに理解するとは限らないことがある。人間、ひとりきりで生きるのはまず不可能だということである。家族、友人、伴侶、治療集会、チーム、教会、その他もろもろ、人はみな、何らかの支援団体を必要としている。生きている限り、幼稚園の教えは有効である。おもてに出るときは、手をつないで、はなればなれにならないようにすること。外は危険がいっぱいだし、ひとりぼっちは心寂しい。誰しも道連れが必要だ。何かにつけて、仲間がいれば心強い。

幼稚園で学んだことは、生涯を通じて繰り返し人の心に問いかける。多岐にわたって複雑に入り組んだ問題を提起する。講義、百科事典、聖書、社則、裁判、説教、参考書……。ありとあらゆる場面で人生は、わたしたちが学校に上がってまず教わったことを理解し、かつ実践しているかどうか、引き続き検分を怠らない。

人生の途次、人はどこかできっと、正邪、善悪、真偽の問題と格闘する。そうしては、何度もまたもとの場所に立ち返る。極《ご》く幼い頃、人間の基本的な理念について嚙んで含めるように教えられた、あの部屋である。

むろん、そこで学んだことは、文字通り人生に必要なすべてではなかった。すべてと言うにはほど遠い。しかし、何よりもまずそもそもの基本原則を理解しなければ、個人も社会も、その欠陥に対して大きな代償を払うことになる。反対に、これをしっかり身につけて実践すれば、本当に必要な知恵のすべては盤石《ばんじゃく》の基礎を与えられるはずである。

すでに結論は出ている。

改版を重ねても、〈幼稚園のクレド〉は不易である。

わたしにはわかっている。六十五歳を迎えた今、わたしはそうと信じて疑わない。

2 折りふしの発見

洗濯の楽しみ

　以前、わたしは長いこと、家中の洗濯を一手に引き受けていた。好きな仕事だった。不思議なもので、洗濯をするとつくづく、自分は家族の一員だと感じた。その上、洗濯をしている間は家族と顔を合わせることもなく、離れた場所でひとりぼっちである。これもまた、時にはいいものだ。

　洗濯物を仕分けするのはなかなか楽しい作業である。白っぽいもの、黒っぽいもの、中間のもの……。ダイアルをまわして、温水、冷水、すすぎ、洗濯時間、乾燥、といろいろに合わせるのも面白い。これはわたしにもわかることだから、操作を間違える心配はない。新しいステレオは、今もってどこをどういじくっていいのやら、まいど立ち往生する始末だが、洗濯機と乾燥機なら、わたしでも手に負える。チンとベルが鳴る。ふっくらと乾き上がった洗濯物を取り出して食堂のテーブルに運び、分類しながらきちんと畳んで重ねていく。静電気が起きて、盛んにパチパチ音を立てることがある。わたしはこれが大好きだ。電気が起きた靴下を体に押しつけると、そのまま張りついて落っこちない。

洗濯物をすっかり畳み終えると、やった、と思う。わたしだってまんざらでもない、という気がする。わたしは洗濯が巧い。ほかのことはさて措くとしてもだ。考えてみると、洗濯は一種宗教的な体験である。水、土、火……世の中のすべてには相反する二つの面がある。濡れたものと乾いたもの。熱いものと冷たいもの。汚れたものときれいなもの。それらが大きな輪を作り、人類は永劫にその輪の上を回っている。すべてがはじまりであって終りである。アルファであり、オメガである。アーメン。洗濯を通して、わたしは、何と言うか、そう、永遠の真理の一端に触れている。少なくとも、ほんの束の間、人生にはそれなりの意味があって、悪いものではないと思う。ところが、そう旨くはいかないこともある……。

先週、我が家の洗濯機が故障した。タオルをたくさん入れすぎたのがいけなかったらしい。脱水の間に洗濯物が一方にかたまってしまい、洗濯機はあろうことか、がたりごとりと躍りだすと見る間に、床の上をぎくしゃく移動して、大音響とともに破裂した。わたしはてっきり、洗濯機が襲いかかってくると思った。発作の苦しみに身悶えするかのように見えた洗濯機は、次の瞬間、消化不良のタオルでいっぱいの白い箱に変った。おまけに口から泡を吹いている。どうやら、わたしは洗剤も余計に入れすぎたらしい。五分後に、乾燥機も息絶えた。ちょうど、老人ホームで暮していた年寄り夫婦の片方がなくなると、間もなく後を追うように、残された方も旅立っていくのと同じで、ことほど左様に洗濯機と乾燥機は一心同体だった。

これが土曜の午後のことである。タオルは残らず濡れてしまい、わたしの下着や靴下も水浸しだ。さて、どうしたものだろう？ 電気屋に修理に来てもらうとすれば、三十六時間、一歩も家を空けられず、銀行員に裏書きした小切手を持って待機していてもらわなくてはならない。さもないと、電気屋はわたしの家へ寄りつかない。わかりきったことである。しかし、わたしにそんな時間はない。かくなる上は、というわけで、わたしは商店街のコイン・ランドリーへ出掛けた。

土曜の夜にコイン・ランドリーを利用するのは、学校を出て以来はじめてだった。知らない人の衣類を見たり、ほかでは絶えて耳にすることのない話をもらい聞きしたりするのも、実に久しぶりである。わたしはひとりの年配女性が悩ましげな黒の下着をあとからあとから取り出すのを横目に見て、あれは自分のだろうか、とあらぬことを考えた。大学生らしい若者が友だちに、酒に酔ってスエードのジャケットを反吐《へど》で汚してしまったらどうやってきれいにするか教えていた。

腰をかけて順番を待つ間、わたしは洗剤の箱を仔細に眺めた。わたしは〈チアー〉を使っている。チアーは陽気にやる意味だから、いかにも洗濯が楽しくなりそうな洗剤だ。夜もだいぶ更けていた。温かい乾燥機に寄りかかって、準備よく持ち込んだチーズとクラッカーをかじり、魔法瓶の白ワインをちびちびやりながら、人生の意味について考えるうちに、わたしは読むともなしに〈チアー〉の箱の説明書きを読んだ。正直、わたしはびっくりした。洗剤には衣類の汚れを落とす成分（陰イオン界面活性剤）や、水質軟化剤（合成第二リン酸ナトリウム）のほかに、洗濯機の部品を保護する成分（ケイ酸ナトリウム）や、洗濯の仕上がりをよくする薬品（硫酸ナトリウム）、それに、生地の皺を伸ばし、黄ばみを防ぐ成分、漂白剤、発色剤、香料などが少量ずつ含まれている。ちゃんと箱に書いてある。一オンス五セントもしない洗剤に、これだけいろいろなものが入っているのだ。しかも、この洗剤は自然に土に還る性質で、普通の水で汚れがよく落ちる。エコロジーの観点からも害がない。まさに、一箱の奇跡である。

乾燥機のなかで回転する洗濯物を眺めながら、わたしは丸い地球と人類の健康に思いを馳せた。人間はずいぶん進歩した。その昔、人間は病気を神の行いであると考えていた。ところが、そのうちに病気は人間の無知が原因で起こることがわかって、以来、人間はひたすら行いを正し、清潔を心懸けるようになった。今では、わたしたちは手も衣服も、体も、食べ物も、家も、とてもきれいになっている。

その道の専門家に、ひとつ、人間の精神の汚れを取る洗剤を開発してもらえないものだろうか。コップ一杯の水に粉末を溶かして飲むだけで人間の洗濯ができる洗剤があったらいいと思う。生活の垢が落ちて、心がしなやかになるだけでなく、これには内臓を保護して消化を助ける成分や、肌が黄ばんで皺になることを防ぐ成分が入っている。皮膚の色艶もよくなる。人間がふっくらと温かく洗い上がる洗剤だ。

念のために言っておくと、〈チアー〉はお薦めできない。わたしは舐めてみた。いや、その味の凄まじいこと。（ただ、舌はきれいになったと思う。）

『幼稚園』を改訂するに当たって、いったんはこの章を割愛しようと思った。最近はほとんど洗濯をしていない。とはいえ、人が庭の草をむしったり、キッチンの抽斗《ひきだし》を整理したりするのと同じで、今も時々は洗濯を引き受ける。洗濯ははじめと終りがはっきりあって、単純明瞭な作業である。何かと込み入って際限もない人生の悩みから解放されて、さばさばした気持になるところが言うに言われずありがたい。

それに、静電気を帯びた洗濯物を体にくっつける楽しみはこの歳になっても変らない。ポリプロピレン系の素材は特によく帯電する。一度、乾燥機にある限りの洗濯物を体中にぶら下げてキッチンまで歩く芸当を披露したことがある。狙い通り、妻は笑い転げた。

洗剤は、これまでに〈ボールド〉、〈パワー〉、〈タイド〉、〈トゥルー・グリット〉、〈アーム＆ハンマー〉などを試した。いずれも見るからに強力らしい名前であることに加えて、思いきり派手な包装がわたし好みである。何であれ「新規改良」を謳った旧来の製品は見逃せない。

わたしもまた、いずれは自分を新規改良したいと思っている。

蜘蛛とご婦人

ここにひとりの女性がいる。わたしの近所に住んでいる気持のいいご婦人である。今しも玄関に姿を現して、これから颯爽《さっそう》とご出勤というところだ。ドアに鍵をかけ、いつものように荷物を取り上げる。ハンドバッグ。弁当バッグ。エアロビクスに通うためのジムバッグ。それに、出がけに道端へ出すごみバケツ。こっちを向いてわたしと目が合うと、底抜けに明るい顔で、おはようございまーす、と笑いかける。フロントポーチに三歩踏み出す。途端に、「ワアーーーアーーーアアアアッ!!」(聞いた通りを極力忠実に文字で再現するとこうなる)。火事場へ急行する消防自動車のサイレンにもおさおさ劣らない声量だ。

蜘蛛の巣。彼女は顔からもろに蜘蛛の巣に突っ込んだのだ。この場において何が最も重要な問題であるかは言うまでもない。蜘蛛はどこかしら?

彼女はところ構わず荷物を放り出し、ジルバでも踊るように高々と足を蹴り上げる。発情したコウノトリの求愛ダンスに似ていないこともない。顔を押さえ、髪を掻きむしって、ひときわ高く「ワアーーーアーーーアアアアアッ!!」と叫ぶなり、玄関のドアに突進する。鍵を開けるのも忘れている。もう一度。うろたえのあまり、今度は錠前に差したキーが折れてしまう。彼女は一目散に裏口へ駆ける。建物の角をまわり込むと、叫び声はドップラー効果で三度ばかり音程が下がる。

「ワアーーーアーーーァ　ァ　ァ……」

この場面を、角度を変えてもう一度。ここに一匹の蜘蛛がいる。ごく平凡な、目立たない灰色をした中年の雌蜘蛛である。夜明け前から起き出して、せっせと網を張っている。仕事はずいぶんはかどった。天気もいい。風はなし、空気も網の粘り気にちょうどいい湿り加減である。細工は流々。彼女は網の出来ぐあいを点検しながら、朝食に好物の小さな蚊がかかることを期待する。上等だ。あとは獲物が来るのを待つばかりである。と、いきなり天地がひっくり返る騒ぎが持ち上がる。地震、竜巻、火山の噴火がいちどきに起こったようである。網はずたずたに引き裂かれ、大揺れに揺れる干し草の山に絡まっている。とてつもなく大きな生肉の塊。それも、何やら粉をふって色を塗ったらしいのが、蜘蛛がかつて聞いたこともない物凄い声を発する。「ワアーーーアーーーアアアアアッ!!」

相手はあまりにも大きすぎて、網をかけておいて後でゆっくり食べるというわけにはいかない。第一、暴れまわっていてとうてい押さえつけられるものではない。飛びかかろうか？　運を天に任せて、ただじっとしていたほうがいいだろうか？　網を捨てて逃げ出すか？

人間。何と、人間が網にかかったのだ。この場において何が最も重要な問題であるかは言うまでもない。相手はどこへ行くだろうか？　行った先で何をする気だろうか？

わたしの近所の件《くだん》の女性は、この蜘蛛がロブスターほどの大きさで、分厚いゴムの唇があって、その奥に毒牙が生えていると思い込んでいる。彼女はきっと、着ているものをかなぐり捨て、シャワーを浴びて、シャンプーして、もう蜘蛛はどこにもいないとなるまで生きた心地もない。それでもまだ心配で、上から下まで全部新しいものを出して着る。これでやっと、蜘蛛騒動は一段落である。

蜘蛛のほうはどうだろうか？　いわば天変地異に見舞われたようなものだけれど、運よく生き延びたとすれば、この体験は方々で吹聴《ふいちょう》するに価するだろう。なにしろ、網を破って逃げた獲物の大きかったこと！「それが、あなた、その歯の凄いことといったらないの！」

蜘蛛。何と驚嘆すべき生き物ではないか。蜘蛛は三億五千万年前から地球上に生きているから、まず何があっても動じない生活の知恵を持っている。数も多い。都会の住宅地で、平均一エーカーに五、六万匹はいるという。そう、わたしが羨ましいと思うのはあの巣を張る糸である。人間も蜘蛛のように糸を出すことができるとしたらどうだろう？　尾骶骨のあたりに小さな穴が六つあって、そこからグラス・ファイバーのような糸を紡ぐことができたら？　荷造りなどは苦もなく片づいてしまう。いとも簡単とはこのことだ。山登りもずいぶん様変りするだろう。オリンピックの種目はどうなるだろうか？　夫婦生活や子育ては、今とはまったく次元の違う行為になることだろう。まあ、あとは自由な想像を楽しんでいただきたい。空想はどこまでも拡がって、頭がくらくらするほどだ。ただ、人間がやたらに蜘蛛の巣を張ると後始末が大変だろうけれども。

　そこで、思い出す歌がある。どなたもご存じの歌だ。三つの子供から百歳のお年寄りまで、誰でも知っている古い歌。マザーグースのなかにある〈イプスィ・ウィプスィ・スパイダー〉である。イプスィ・ウィプスィ・スパイダー、えっちらおっちら樋《とい》の中。雨がざんざん降ってきて、イプスィ・ウィプスィは川流れ。お日さまかんかん雨上がり。すっかり乾いていい気持。イプスィ・ウィプスィはそこでまた、えっちらおっちら樋の中。これを歌いながらする仕種《しぐさ》も、おそらく、みなさんご存じと思う。

　いったい、この歌のどこが面白いのだろうか？　どうしてみんなが知っているのだろう？　どうしてこんなに長いこと歌い継がれているのだろう？　あの気味悪い蜘蛛がずいぶん好意的に扱われているのに、これを歌う時は誰も「ワアーーーアーーーアアアアアッ!!」と叫んだりしない。思うに、この歌がこれほど人口に膾炙《かいしゃ》しているのは、冒険の生涯ということを単純明快に、鮮やかに物語っているからではあるまいか。この小さな生き物は元気潑剌として冒険を求めている。目の前に雨樋がある。長いトンネルが明るい光に向かって立ち上がっている。蜘蛛は考えるより先にトンネルを登っていく。そこにトンネルがあるからだ。たちまち災害が襲ってくる。集中豪雨、大洪水。自然の力は恐ろしい。蜘蛛は押し流されて、出発点よりももっと遠くまで運ばれてしまう。蜘蛛はここで「やれやれだ。もうまっぴらだ」と言うだろうか？　いや、そんなことはない。やがて雨が止んで、日の光がさんさんと降り注ぐ。万物は洗われ、蜘蛛はすっかり体が乾いて元気を取り戻す。そこでまた、雨樋の口へ這っていき、トンネルを見上げて、今度は本当に登った先に何があるのか確かめてやろうと考える。さんざんな目にあって一つ利口になったから、まず空模様をあらため、しっかりした足場を捜し、蜘蛛の祈りを唱えてから、ずっと高いところに見えている光を目指して登りはじめる。あの先には何があるのだろうかと期待しながら。

地球上に生きとし生けるものはみな、遠い遠い昔からこんなふうにして冒険を繰り返してきた。長い間にはさまざまな災害もあった。敗北、挫折を味わい、破局に瀕することも度々だった。そういうところを潜り抜けて、今わたしたちはこうして生きている。そして、人類の過去の体験を次の世代に伝えようとしている。蜘蛛たちもまた、蜘蛛の世界のやり方で、子供たちに体験を伝えていくのではなかろうか。

というわけで、わたしの近所のあのご婦人も、生き延びて一つ利口になり、これからは朝ドアを出る時は用心するようになるだろう。蜘蛛のほうも、生きているなら前よりも慎重にふるまうことだろう。不幸にして死んでしまったとしたら……まあ、蜘蛛はほかにもたくさんいる。あの事件は蜘蛛の世界に広く語り伝えられるに違いない。とりわけ、あの物凄い声は長く蜘蛛たちの記憶に残ることだろう。「ワアーーーアーーーアアアアアッ!!」

人前で話をする時、わたしはよく、声を出さずに歌う、と前置きして、何を歌っているか察しがつくように身ぶりを添えるから、わかったら一緒にどうぞ、と聴衆に誘いかける。歌はもちろん、蜘蛛の歌である。会場いっぱいの老若男女が無音でイプスィ・ウィプスィ・スパイダーを歌いながら、揃って例の仕種をする愉快な光景をわたしは何度となく目のあたりにした。みんな、顔で笑っている。聴衆はきっと笑う。終れば拍手喝采である。

イプスィ・ウィプスィ・スパイダーの文句が、ベートーヴェンの交響曲第九番、『歓喜の歌』の旋律に乗ることをご存じだろうか？　ほんのわずかばかり口調を変えれば、蜘蛛の歌は第九の曲に合う。この組み合わせは、人類の闘いの歌と言ってもいい。わたしは千人の聴衆とともに、仕種をつけてこれを試みたことがある。

二つの歌は同じことを語っている。逆境を乗り越えて勝利に至る生命力、蜘蛛と人の、冒険を成し遂げる不屈の精神である。

怒鳴り声で木を倒す

南太平洋ソロモン諸島には、木を伐るのに何とも不思議な風習がある。木があまりにも大きくて斧では歯が立たないと、原住民は怒鳴りつけてその木を倒すのである。今、そのことを書いたものが手もとにないのだが、たしかにどこかで読んだ。嘘ではない。特殊な能力を持った樵たちが夜明けにそっと木に忍び寄り、いきなり声の限りにわめき立てる。これを三十日にわたって毎朝欠かさず続けると、木は次第に衰えて、ついには倒れてしまう。怒鳴り声が木の精を殺すのだ。原住民の話によれば、これで倒れない木はないという。

ああ、何と涙ぐましくも素朴な話ではないか。ほほえましい密林の奇習。怒鳴りつけて木を倒すとは、未開文明恐るべしだ。彼らが現代技術や科学知識の恩恵に浴していないのは気の毒なことである。

わたしはどうか？　わたしは妻を怒鳴りつける。電話機や、芝刈り機を怒鳴りつける。テレビや、新聞や、子供たちに食ってかかる。わたしが時折り拳をふり上げ、空に向かってわめき立てることは近所中が知っている。

隣の主人はやたらと車に当たり散らす。この夏のある日、わたしは彼が午後中、脚立《きゃたつ》を怒鳴りつけているのを聞いた。われわれ現代の都会に暮す知識人は、混雑した道路や、スポーツ競技の審判員や、請求書や銀行や、機械に当たり散らす。特に、機械に噛みつくことが多い。機械・道具の類や、身内は一番の被害者だ。しかし、木を怒鳴ることはない。

怒鳴りつけたところで、どうなるものでもあるまいに。機械や道具はただそこにあるだけだ。蹴飛ばしたらこっちの思うようになるとは限らない。人間に関しては、そう、ソロモン諸島の原住民に学ぶべき点があるかもしれない。生き物をどやしつければ、相手は意気阻喪して心を閉ざす。

棒で殴ったり、石をぶつけたりすれば怪我のもとだ。だが、言葉は人の心を傷つける……。

話の続き

「で、それから、どうしたの？」

寝室の薄暗がりで、しつこく尋ねる声がする。子供たちはまだ幼く、わたしも若かった。ダンクシュートを決めるように、きっぱり話に結末をつけて、これで子供は無事サンドマンの手に預けたと思う傍《そば》から、また眠たげな声が催促する。「それで、どうしたの？」わたしが何を答えようと、催促はきりがない。「ねえ、ねえ、パパ。続きを話してよ」

わたしは業を煮やして終末論を担ぎ出す。「いきなり彗星が衝突して、地球は粉々になってしまうんだ」

沈黙……。「粉々になった地球はどうなるの？」

「どうだっていいんだ、そんなことは。人間はみんな、むごたらしく死んでしまうんだからね。特に、寝ていない子供は苦しんで死ぬんだ」別の手を試みたこともある。「父親は、寝たがらない子供たちを、通りがかりのジプシーに売り飛ばすんだよ。ジプシーは、子供たちをすりつぶしてソーセージにする。いつまでも寝ないでしつこく話をせがむ子供が、まっ先にソーセージにされるんだ」

どうぞ、ひどい父親だと言ってくださって構わない。ところが、たいていの場合、これが功を奏した。今にして思えば、こういう残酷な話が、どうやら子供たちに好かれたらしい。もしかすると、子供がしつこく話をせがむのは、わたしがどこまで脱線するか、父親が本当はどれほどいい加減か、見極める策略だったかもしれない。

今では孫たちが相手である。容易に納得しないところは、彼らの親たちが子供だった頃と変りない。わたしは年を取って狡賢くなっている。例によって、それからどうしたの、と尋ねられれば、わたしは答える。「この続きを知っているのはパパだけだ。家へ帰ったら、パパに訊いてごらん」

話の続きを聞きたがる子供たちが正しいことは言うまでもない。主人公が生きている限り、きっと次に何かが起こる。物事にはかならず結果があって、それを発端に、また新しい話が生まれる道理である。

この先も質問攻めに悩まされることを見越して、わたしは話のレパートリーを一通りさらってみた。実を言うと、わたし自身、それからどうしたの、と心配なことが山とある。

赤頭巾を甘く見て痛い目に遭った後、食わせ者のこましゃくれた少女には近づくな、という警告がオオカミたちの間に伝わったろうか。寝たきりの年寄りである赤頭巾の祖母が、老人村や養護ホームではなく、人里離れた森の奥にひとりぼっちで暮しているのは何故だろうか？

アリスについてはどうだろう？　本当の意味で、ちょっとした刺激がほしくなる中年にさしかかって、いつなりと不思議の国へ行けるだろうか。考えるまでもない。鏡に向かうのは、ざっと化粧直しをする時だけだ。

群盲象を撫でる話にしても、王様に食い違った報告をした盲人たちは、お互いの矛盾を突き合わせて、あらためて象を調べようとしたろうか？　どうしてどうして。自分の判断を変えるくらいなら、首を刎ねられた方がましだと思うのが彼らの驕慢である。尻尾を握った賢人は言い張る。「象とは、縄のようなものだ。みんな、間違っている」脚に触れた賢人は異を唱える。「いや、象は四本の木の幹だ。みんな、間違っている」鼻を探った賢人は、象はホースだと言って譲らない。埒が明かないとはこのことだ。

白雪姫は、彼女が七人の小人としばらく一緒に暮したことを知った王子と、本当にいつまでも幸せでいられるだろうか？　そうはいかない。王子は諍《いさか》いのたびにそのことを持ち出すに決まっている。「あの小人どもと、誓って何もなかったと言うのか？」

裸の王様はどなたもご存じだろう。仕立屋が、自分の縫う衣装は美麗この上なく、心の清い者でなくてはこれを着ることはできないと言い、まんまと騙された王様はもったいらしく、ぶよぶよの体にありもしない新調の服をまとって街を練り歩く。ひとりの少年が、誰の目にも明らかなことをずばりと言ってのける。「王様はすっぽだかだ」少年はどうなったろうか？　たちまち家に引きずりこまれ、余計なことを言って親兄弟に難儀をかけた罰に、食事抜きで寝かされてしまう。

常日頃、少年は言い聞かされていた。人間、正直でなくてはいけない。自分に嘘をつかず、思ったことははっきり言う勇気を持たなくては駄目だ。ところが、少年はさんざんな目にあって、世の現実を思い知らされたではないか。「波風を立てるな。口を閉じて、隅っこで小さくなっていろ。いい格好をしようなどと思わず、自分のことだけ考えろ」王子と結婚する娘のようなでしゃばりは、いつまでも幸せには暮せない。少年は生きている限り、この現実と闘わなくてはならない。

いいだろう。厭味な老人と言わば言え、王様は裸だと叫んだ少年と同じに扱われたところで、わたしは痛くも痒くもない。象を撫でた盲人たちと一緒で、お前は、新しい事実を知っても頑固に考えを変えずにいればいい、と言われるなら、それも構わない。

思うに、わたしは長生きして現実を知りすぎたかもしれない。ならば、寝しなのお伽噺で本当のことを語る責任は親に預けた方がいい。幼い子供たちに、世の中は必ずしもいいことばかりではなし、公平でもない、と教えるのはまだ早い。子供たちは、やがて、自分で話の続きを知るだろう。いずれ、遠からず、「それからどうしたの？」が無心の根問いから確信を求める祈りに変って、眠られぬ夜々を体験する時が来るはずである。

水溜まり

時は五月のある昼下がり。場所はニューヨークのセントラルパーク。通り雨が上がって、さわやかな初夏の日差しが忙しげに歩道を行く人々を公園のベンチに誘った。五番街七十九丁目に公園の入口があって、そこに雨の置き土産で、大きな水溜まりができていた。

雨具で完全武装した小さな男の子が、跳ねを上げて水溜まりへ駆け込んだ。「ひゃあーっ」母親は、同じくレインコートに身を固めた形《なり》で「駄目よ！　駄目、駄目！」と追いすがり、子供の手を取って厳しく叱りながら、乾いた地面に引き戻した。「水溜まりに入っては駄目って、言ってるでしょう、ジェイコブ。いけません！」

子供はべそをかき、嵐になぶられるテントの張り綱のように、腕いっぱいに身をよじって抵抗する。母親はなおも引っ立てる。子供はいやいやをしてむずかる。母親が抱え上げようとすると、子供は地べたに転がって、声の限りに泣き喚く。スーパーマーケットのレジで駄々をこねるのと同じ、持久戦である。しかも、泣き声にかけては、彼は黒帯だ。「いやだーっ!」母親はほとほと弱りきる。みんなが見ている。「あの母親は、いったい、子供に何をしたのだろう?」

近くのベンチで、身なりのいい中年の男がこのありさまを眺めていた。男の靴は磨き上げた黒革のウィングティップである。悶着にけりのつかない親子とベンチの間には、水溜まりが大きく横たわっている。男はやおら立ち上がり、ウィングティップの靴のまま、ずぶりずぶりと水溜まりに踏み込むと、にったり笑って呼びかけた。「ヘイ、ヘイ、ヘイ」親子ははっと顔を上げた。子供は泣くことも忘れて立ちつくした。

夢かと思う嬉しい光景である。これが、じっとしていられようか。わたしも、早速、余所行きの革サンダルで水溜まりに立って、笑う男と顔を見合わせ、母親と子供に笑いかける。最先端の流行に着飾った若い女性が靴を脱ぎ捨て、愛犬とともに水溜まりの仲間に加わる。

子供は歓声を上げ、母親の手をふり払って水溜まりに駆け込んでくる。

周囲の視線は母親に集中する。

舞台正面に押し出された格好で、母親はばつが悪そうにこわばった笑顔を浮かべる。いつものことながら、親は理性と感情の板挟みである。子供は親の言うことを聞かなくてはならない、と思う一方で、長靴を履いた子が水溜まりに入って何が悪い、と自ら反問する。子供が病気になっては大変だが、風邪は人から黴菌を移されて引くのであって、水溜まりが感染源ではない。わかりきった話である。「駄目」と言っておきながら子供の好きにさせるのは親の権威にかかわることだが、考えを変えてはならない理屈はない。子供が見知らぬ人たちの真似をするのは感心できない。とはいえ、三人はただ水溜まりに立って笑っているだけだ。何も大騒ぎすることはないではないか。母親としては、さて、どうしたらいいだろう？

子を持つ親は、とかく上品ぶる嫌いがある。自分だって子供なら、とうに水溜まりで遊んでいるはずだ。実際、子供の頃、よく水溜まりをばちゃばちゃ歩いたけれど、何の害もなかった。母親は、今の自分と同じで、きっと怒鳴ったに違いない。「水溜まりに入ってはいけません」親というのは、いつもこうして過去という名の自動操縦装置に制御される立場だろうか？

これだけのことが、刹那に母親の頭を過る。

水溜まりの三人は待ちかねるように母親を見つめている。いつまでも、ただ突っ立ってはいられない。

母親はじわりと笑い、ついには吹きだして、水溜まりに足を浸す。周りは拍手喝采する。

先の三人は母親の手を取り、見知らぬ同士、握手を交わして散っていく。

子供は嬉しいような、そのくせ、狐につままれたような顔である。

大人とは、何と不思議な種族だろう。どれほど不思議かは、彼自身が大人になってみなくてはわかるまい。

ところで、これは本当にあった話だろうか？

そう、本当でもあり、全部が全部、本当でもない。この日、セントラルパークに水溜まりができたのは事実である。この一幕に登場した何人かの顔触れも実在する。ここで、わたしたちみんなが懐いた気持に嘘はない。が、実を言えば、母親はなおも「水溜まりはいけません」と頭ごなしに叱りながら、無理やり子供の手を引いて立ち去り、後に残ったわたしたちは、顔を見合わせるでもなく、むっつりと黙りこくって、それぞれの世界に閉じ籠もったままだった。しかしなお、これはあり得る話だし、あって然るべきことである。水溜まりは、人がどこまで若い心を持ち続けているか評価する試験だった。その場に居合わせた大人たちは、全員、落第と言うしかない。

わたしは、それまでに何度となく経験したように、時間と情況が許す限り、次の機会にはきっと心の声に従って行動しよう、と思う自分にうんざりしながら公園を後にした。一見、馬鹿げた行動も、時によっては賢いふるまいと同じである。

午後遅く、わたしは自分の信念を貫く気で公園に取って返した。

遅かった。後の祭りとはこれを言う。

親子も、気のいい男もすでにいず、水溜まりは乾いて、わたしは機会を失った。

真空掃除機

つい最近、久しく会わずにいた知人に町中で声をかけられた。かつてわたしの家の並びにいて、顔が合えば時候の挨拶を交わす程度の間柄だった。「どうかね、商売は?」わたしは尋ねた。彼は笑って答えた。「吸い取られて上がったりだ」この答が返ってくるのはわかりきっていた。以前からの決まり文句である。彼は真空掃除機メーカーの地域担当営業部長で、冗談めかした物言いは無粋だが、仕事にかける情熱と、自社の製品に対する自信は並々ならず、私はかねてから一目置いている。

「吸い取るか、吹き飛ばすか、掃除のことなら、いつでもどこでも我が社におまかせを」彼の会社はハンディヴァック、ショップヴァック、スーパーヴァックなど、普通の掃除機のほかに、煙突や、ボイラーの釜専用の特殊装置も作っている。化学物質や、油性の汚染物質を吸引して建物全体を清掃するビルトイン・システムもある。落葉や枯草、プールの底に溜まった塵芥を除去する送風機もあって、屋内、屋外、地上、海底、空中と、こと清掃に関しては規模の大小を問わず、どんな条件にも対応する大会社で、彼は長年、ずば抜けた販売実績を誇っている。

「下がって、下がって。もっと空気を！」塵芥を敵に回して彼は雄叫びを上げる。

彼が英雄と仰ぐ人物がいて、その名をジェイムズ・マレー・スペングラーと言う。一九〇七年、スペングラーはオハイオ州のさるデパートで掃除夫をしていたが、絨毯掃除機が巻き上げる埃と黴《かび》で慢性のアレルギーに悩み、仕事を続けることがむずかしくなった。だといって、おめおめと引き下がるのは業腹《ごうはら》だ。そこで、スペングラーは世界ではじめての真空掃除機を考案して病苦に打ち克った。

新案特許、第一号の掃除機を見たら、人は微苦笑を禁じ得まい。なにしろ、枕カバーに、石鹸箱と扇風機、ぐるぐる巻きにしたさなだ紐の寄せ集めである。とはいえ、これが立派に機能して、スペングラーのアレルギーを解消し、かつ掃除夫の身分を保障した。スペングラーの名は一般に知られていない。それというのは、今や世界中に隠れのないウィリアム・フーヴァーに特許を譲渡したからである。

件の営業マンはスペングラーを尊敬している。どこの家にもある身近な材料と、無尽蔵な天然資源、空気を利用して家事労働の歴史を変えたところが素晴らしい。わたしはかつての隣人から何度この話を聞かされたかわからない。先週またこの話が出て、わたしは彼に、今もって偽善者か、と問わずにはいられなかった。

彼は心なしか頬を赤くしてうなずいた。「ああ」

いや、偽善者と言うのは当たらない。それを言うなら「哲学者」だろう。

ここはちょっと説明を要するところだ。非難と取るか、同感するか、判断は人それぞれの自由である。

近所付き合いをするようになって間もなく、この掃除機セールスマンの生き方に根本的な矛盾を発見して、わたしは釈然としなかった。垣根越しに見ていると、彼は旧式な手押しの草刈り機で庭いじりをしている。刈った草を山にするのも、同じく旧式な熊手である。表の歩道や私道は昔ながらの柄の長い箒で掃いて、ちり取りでごみを掬う。秋の落葉は手で掻き集める。送風機は使わない。車の掃除は小さな羽根箒である。吸い取るか、吹き飛ばすか、何でもござれの掃除機はどうしたのだろうか？

ある時、わたしは面と向かって尋ねてみた。彼はそのわけを打ち明けた。

以前、彼はアイオワでアーミッシュの農夫に掃除機を売ろうとしたことがある。十七世紀にスイスのヤコブ・アンマンが創始したプロテスタント再洗礼派の小会派、アーミッシュの信仰と社会的な価値観は、電気やガソリンエンジンの使用を許さない。家族、共同体、個々人のためにならないものは遠ざけるのがアーミッシュの心得である。けたたましいエンジンは人を疎外し、みんなで歌いながら労働することを妨げる。ひとりきりで働く時も、機械の騒音は心を乱す。自分の手であつかう道具は安上がりだし、修理も簡単で、しかもいい運動になる。スピードと能率が生活の質を向上させるとばかりは言いきれない。

営業マンの彼は、仕事に追われて心のゆとりを失うと、アーミッシュのことを思い出すという。彼は道具を手に庭に出て、単純素朴のありがたみを噛みしめながら午後を過ごす。騒々しい機械は、虚ろな心を慰めてはくれない。人生の半ばにして彼はその時々にふさわしい技術を選ぶ知恵を身につけた。機械の風で木の葉を吹き払うことと、木の間にそよぐ風を聞くことは別である。

3 愛のかたち

シャルル・ボワイエ

　ちょっと個人的な話。途中、いささか甘ったるいところがあるかもしれないから、どうぞそのおつもりで。この話は、実は、妻に読んでもらうつもりだったのだが、世の中には夫婦の間で同じように感じておいでの方々も少なくあるまい、と考え直してここに載せることにした。ともあれ、これはわたしのことではない。シャルル・ボワイエの話である。

　シャルル・ボワイエをご存じだろうか。あの人当たりのいい、小粋で渋い往年の二枚目だ。名だたる銀幕の美女たちはほとんど例外なく、一度や二度は彼と深い仲になった。といっても、それはあくまでも映画やファン雑誌のことで、私生活においては、浮いた話はかけらもない。

　シャルル・ボワイエは、四十四年間、妻パトリシアと添いとげた。周囲の親しい友人たちは二人の仲を、生涯かけた大恋愛と評した。結婚四十四年を経てなお、二人は傍目《はため》にも羨ましいほどの親密な恋人であり、友だちであり、互いのよき伴侶だった。

そのパトリシアが肝臓癌に冒された。医師団はシャルル・ボワイエに告知したが、彼はとうてい、妻に話す気にはなれなかった。それから半年、シャルル・ボワイエは片時もパトリシアのそばを離れず、彼女を慰め、励まし、献身的な看病に努めた。しかし、彼の誠意をもってしても、運命を変えることはできなかった。薬石効なく、パトリシアは彼の腕のなかで息を引き取った。そして、二日後、シャルル・ボワイエは妻のあとを追って自らの手で命を絶った。パトリシアなしに生きていたいとは思わない、パトリシアは「わたしの命だった」と話していたという。

これは映画のなかのことではない。シャルル・ボワイエの最期の実話である。

わたしは、悲しみのどん底でシャルル・ボワイエの取った行動をとやこう言う立場にはない。が、正直な話、その行動に強く打たれ、また、不思議に心を洗われた。一見、虚飾に満ちたハリウッドの人間模様の陰にかくも真摯な愛情があったと知って感動し、息の長い二人の愛の形に感銘を受けたのだ。

同じ立場に置かれたら、わたしはその悲しみにどう対処するだろうか。考えたところで自分の姿を想像することはむずかしく、わたしはただただ、そのようなことにはなりませんように、と祈るばかりである。さて、これからがはじめにお断りした個人的な話だが、どうぞ悪《あ》しからず。こんなわたしでも、ごく平凡な日常生活のおりふし、ふと顔を上げて、そこにわたしが妻と呼んでいる、友だちであり、人生の伴侶でもあるひとりの女性を見出すことがある。その姿を眺めていると、シャルル・ボワイエがあのような行動に出た気持がよくわかる。人間はそこまで深く愛し合えるのだ。これは本当だ。わたしはそう思っている。

お父さん大好き

ショウウィンドウに早々とヴァレンタイン・デイの飾りつけをしている店を見かけた。まだ一月の半ばだが、商人たちは先を急いで愛の日を売り物にしなくてはならないのであろう。どうか誤解のないように願いたい。商人というのは有難い存在である。彼らは数ある祝祭日から大切な日を選び出して、早手まわしに知らせてくれる。彼らが商売熱心なおかげで、わたしたちはハロウィンや、ヴァレンタインや、母の日をうっかり忘れてしまうようなこともなく、あらかじめその日に備えることができるのだ。

この点で、商人とは別に私が頼りにしているのは幼稚園の先生である。幼稚園の先生は祭日をよく知っている。ヴァレンタインをはじめとする愛の証の日に関しては、さしもの商人も幼稚園の先生にはかなわない。幼稚園の先生の呼びかけで作り出されるものは、いかなる商人もこれを扱うことはできない。値段をつけられないし、土台、店で売れる品物ではない。

これは、わたしがひそかに「ガミー・ランプ——べたべたのかたまり」と名づけている、あるものの話である。ガミー・ランプは、もともとは靴箱だった。一番上の子がそれに飾りつけをして、わたしに贈ってくれたのがはじまりで、その後、下の子供たちが何やかやと記念にくれる贈り物を入れているうちに、やがて、靴箱はわたしの大切な宝石箱になった。飾りつけといったところでたかが知れている。ピンクと赤と白のすっかり色褪せたボール紙の箱に、アルミホイルや、オレンジ色のティッシュペーパー、紙ナプキン、三種類のマカロニ、ガムドロップ、ゼリービーンズ、胸焼けした時に嚙む清涼剤タムズのような味がする白い小さなハート形に文字を書いたもの、澱粉糊でかためた、これもタムズに似た味の、何やら得体の知れないものがごてごてと貼りつけてあるだけだ。

今や何ともみすぼらしい、見る影もない靴箱である。ひしゃげて角は丸くなり、ゼリービーンズとガムドロップが溶け出して、あちこち染みになっている。触るとねとねとする。全体がベージュに変色して、赤も白もない。そんな箱ではあるものの、蓋を取ってなかを覗けば、わたしが大切にしているわけがわかるはずである。小さくたたまれたまま年月に黄ばんで、折り目からちぎれかけている紙をそっと広げると、それは罫の太い雑記帳の一ページで、綴りも怪しげな幼い字で「お父さんへ」「ホッピ・ヴァリムタイム（ハッピー・ヴァレンタインのつもり）」「お父さん大好き」などと書かれている。大きな字で、お父さん大好き。箱の底にはマカロニで作ったXやOのしるしが二十三個も糊づけされている。わたしは何度これを数えたかわからない。ここかしこに、三人の子供の名前も書いてある。

流行のブレークダンス〈キング・タット〉は古代エジプトの王、ツタンカーメンの名に因《ちな》んだものだというが、ツタンカーメン王の財宝も、わたしのガミー・ランプの前には顔色なしである。

はばかりながら、このガミー・ランプのようなものがお手もとにおありだろうか？　何よりも天真爛漫で正直な愛情のしるしをお持ちだろうか？　長い長い生涯を通じて、人はきらびやかで高価な贈り物をたくさん受け取るかもしれない。さまざまな愛も経験するだろう。しかし、心から信じることができるという点で、ガミー・ランプに優るものはない。ガミー・ランプがあればこそ、地球はまわり、苦労を背負って生きる甲斐もあるというものだ。

子供たちは三人とも成人している。今も父親のわたしを愛していることに変りはないが、形のある証拠となると、なかなかお目にはかかれない。人間、年を取って知識が進み、価値観が多様になると、愛もまた様変りする。愛が失われるわけでは決してないが、もはや靴箱に入れて取っておけるほど単純ではあり得ない。

このべたべたのイコンは戸棚の一番上の棚に置いてある。そこにそんなものがあるとは誰も知らない。わたしだけの秘密である。靴箱はわたしのお守りであり、思い出のよすがである。わたしは毎朝、この箱のことを思いながら服を着る。そして、時々棚から降ろしてなかを見る。指を触れ、手に取って、はっきりと確かめることのできる何かがそこにある。とりわけ、甘えきった情愛は影を潜め、小さな手が首にまとわりつくこともなくなった今では、これがまことに有難い。

何ともはや、でれでれと親馬鹿丸出しで、とてもつきあいきれないという声が聞こえてくるような気がする。お互いに照れくさい思いをするだけ野暮な話かもしれない。とはいえ、心の慰めを考えるなら、気分の変化が色に出る、あのムードリングと呼ばれる指輪も、ヒンドゥー教の呪文、マントラも、ガミー・ランプには遠くおよばない。

何を恥じることがあろう。ガミー・ランプはわたし好みの愛のしるしである。わたしが死んだら、一緒に埋めてもらいたい。わたしはどこまでもこれを持っていこうと思う。

閨房のアライグマ

以前、湖の畔《ほとり》の古い小さな家でしばらく暮したことがある。十九世紀の末に、岨道《そばみち》のはずれに建てられた山小屋である。持ち主の家族はシアトルから馬車で深い森を潜り、険しい丘をいくつも越え、木材運搬道路をはるばるやってきて、この別荘で一夏を過ごした。当時、そのあたりはまったく自然のままだった。それは今もほとんど変っていない。

煉瓦の土台を据えた高床式のその家は、ブラックベリーの藪にかこまれ、ひたむきとさえ言えるアサガオの蔓に絡まれて、昼なお暗いほどである。今でこそ、市街地から車でほんのひと走りだが、リスや、ウサギや、ヤマネコや、声はすれども姿は見えぬさまざまな生き物たちが、わたしたちよりずっと前から我が物顔に棲みついて、違法占拠者の既得権を主張していた。

アライグマもその仲間だった。丸々と太ったアライグマ数匹である。

神ならぬ身の知る由《よし》もない何らかの理由とホルモンの働きによって、アライグマどもはきまってわたしの家の床下で交尾した。毎春、神ならぬ身の知る由もない何らかの理由とホルモンの働きによって、アライグマどもはきまってわたしの家の床下で、夜中の三時に交尾した。

寝ている枕の下で、夜中の三時にアライグマが交尾するというのがどんなことか、これは実際に体験してみなくてはとうていわかろうはずがない。震天動地とはまさにこのことだ。控えめに言っても、まずもって形容を絶する凄まじさである。春の夜のネコの喧嘩をご存じなら、想像の手がかりがないこともない。あのけたたましさ、激しさを十倍にしたら、何とかそれらしい情景が思い浮かぶことだろう。なまめかしいだの、官能的だのといった話ではない。地震、雷、火事にいちどきに見舞われたようなものである。はじめての時のことを、わたしは今でもよく憶えている。眠りを妨げられて、わたしは跳び上がった。嘘ではない。毛布にくるまったまま、わたしはベッドから三フィートばかり跳び上がった。

やっと落ち着きを取り戻し、血管に流れるアドレナリンに体が馴れたところで、わたしは懐中電灯を手に、外に出て床下を覗いた。ひとつがいのアライグマが必死の形相物凄く、牙を剝き、血を流し、泥まみれになって組んずほぐれつしているありさまは、お世辞にもセクシーとは言えなかった。

わたしに覗かれようと、懐中電灯で照らされようと、二匹はお構いなしだった。咆哮、嬌声、悲鳴、呻吟。鳴り物入りで激しい情交は続いた。が、やがて二匹は絶頂に達し、燃え尽きて体を離した。アライグマにはかけらほどの羞恥心もなかった。やるべきことをやったまでである。二匹は恍惚の余韻にとろんとした目つきで床下からのそのそ這い出し、何であれアライグマの暮しのなかで次に控えていることに備えて毛繕いした。

　わたしは雨の中にしゃがんでアライグマの閨房を懐中電灯で照らしたまま考えた。愛や人生が、ややもすれば、少なからず苦痛や緊張、波瀾を伴うのは、いったいどうしてなのだろうか？　どなたかご存じなら、そのわけをお聞かせ願いたい。

　その時、わたしは頭の上で眠っているいとしい妻や、愛し合うが故に起こる諍いのことを思った。夫婦が夜中に立てる大声をアライグマどもは何と聞くだろうか？　例えば、こんなふうである。「あなた、本当にわたしを愛しているんだったら、いつもいつもあやってお風呂場を汚しっぱなしにすることはないはずだわ」「へえ、そうかい。じゃあ、こっちだって言わせてもらうがね……」

　愛とはどうしてこうも厄介なものなのだろうか？

　わたしにはわからない。アライグマたちは何も言わない。

試験

ここひと月、家の中はしんとしている。妻が試験に備えて勉強しているためだ。現役の医師である妻は、七年に一度、全米家庭医療評議会の実施する一日がかりの試験を受けて免許を更新しなくてはならない。臨床医として充分な能力を具《そな》えているかどうかを審査する試験で、彼女は医学校の門を潜って以来、これまでに蓄積した知識と体験のすべてを問われることになる。

わたしはと言えば、運転免許の更新でさえおどおどする始末で、学校を出てこの方、試験と名のつくものは受けたことがない。ひとつ屋根の下で暮す相手が試験勉強にいそしんでいるというだけで、頭を箍《たが》で締めつけられるような気がする。

だが、考えてみれば、七年ごとに免許を更新する制度は人間に活を入れる効果がある。正規の教育を受けてから何十年もの人生を送る間に、一度は厳しい試験があるとしたらどうだろう。人類の一員として、能力と、熟達の度合いを査定する試験である。試験に通らなければ、教室へ戻されて、再教育を受けなくてはならない。

実際、これは理屈に合っている。そうではないか。人は誰しも学校へ行かなくてはならない。国民が無知蒙昧であるよりは、教育をほどこした方が国家のためと考えられているからだ。教育の目指すところは公共の利益である。とはいえ、ただ学校教育を受けただけでは、学んだことがしっかり身についたか、吸収した知識を社会生活に応用できるかどうか、その点、何の保証もない。教育の成果は検証されないままである。

自分の無知には、毎度ながら、呆れ返って物も言えない。『スヌーピー』の漫画でわたしが好きなのは、ルーシーがチャーリー・ブラウンに問いかける場面である。「今、知ってることを、もっと前に知ってればよかったって、思わない?」チャーリーは、一瞬、きょとんとして問い返す。「ぼくは今、何を知ってるかなあ?」

これは考えてみるに価する。自分は今、何を知っているだろうか? 教育を実用に供し、社会に立ちまじって生きていくために、三十までに何を頭に叩き込んでおくべきだったろうか?

読み書きはあくまでも教育の基本である。だが、すでにここに問題がある。アメリカの成人の二二パーセントが事実上、無筆、文盲であることをご存じだろうか? 満足に読み書きのできないアメリカ人が、何と、四千万人もいるという。信じられないような、しかし、本当の話である。

数学について言えば、少なくとも極く簡単な加減乗除は、誰だってできなくてはいけない。ただし、代数はこの限りにあらずである。代数の試験があったら、わたしは中学に送り返されて、残る生涯、艱難辛苦しなくてはならない。

ほかに何があるだろうか？　歴史は必須の試験科目である。人類の体験を長期的な、広い視野で捉えておかないと、世界は絶えず危機に瀕することになる。公民科の基礎も試験科目に加えた方がいい。国民選挙で投票場に足を運ぶ有権者が全体の三八パーセントにすぎないとしたら、民主主義の再教育はどうしても必要だろう。

人は三十までに、金銭、セックス、健康、愛についてしっかりした考えを持っていなくてはならない。これらに関する無知と心得違い以上に一生の悔いを招く不覚はない。

それゆえ、経済の基礎と、個人の財政は試験の対象とすべきである。「健全な予算を組み、収支のバランスについて考えを述べなさい」そう、これでいい。

三十を迎えるまでにセックスに関する見識が固まっていないようなら、教室へ逆戻りだ。衛生の基本と救急医療については、時代に後れないようにしなくてはならない。

ただ、愛は試験科目からはずすべきだろう。しょせん、知り尽くすことはむずかしいからだ。

まだこの上にも何かあるだろうか？　倫理、法律、エコロジー、科学一般についてはどうだろう？

必要には違いないが、いずれも明快で、即物的に対応できる問題だ。これといって正解のない、複雑微妙な問題はどう扱ったものだろう？　美術、音楽、文学について、三十までに何を知っていなくてはならないだろうか？　友情、名誉、勇気、真実、美徳、幸福、希望、想像力、知恵、諧謔、死、等々はどうしよう？　さあ大変だ。こうなると、もう手に負えない。いい考えだと思ってこの話をはじめたが、早くも難題に押し潰されそうである。

しかも、これまでのところ、人間存在の本質にかかわる問題にはまだ触れてもいない。

「何も」ない代りに「何か」があるのはなぜだろう？

時間はどこから来て、どこへ行くのだろうか？

海はどれだけ深く、空はどれほど高いのだろうか？

満ち足りるとは何をもって言うのだろうか？

人間は何のためにいるのだろうか？

死以前に人生があるだろうか？

半可な知識は危険だというのは本当だろうか？

鳥が虹の彼方まで飛ぶならば、わたしだって、どうして飛べないことがあろう？

4 幸福の足し算

クレヨンと想像力

親友の夫婦が力を合わせて、やっと一児をもうけた。男の子だった。わたしは名付け親である。責任を疎かにはできない。

これまでに、その子供に人生の快楽をいくつか教え込んだ。チョコレート。ビール。葉巻。ベートーヴェン。それに、大人の冗談。ベートーヴェンはあまり好きではないらしいが、なにせ、まだ一歳半である。ビールと、葉巻と、大人の冗談がほとんど役に立たないのもそのためだろう。ただ、チョコレートだけは大いに効用を発揮する。セックスの話はまだしていないが、どうやら年相応に理解している。詳しいことはさしひかえるが、子供を持った経験があるか、あるいは、自身、小さな子供だったことがおありなら、わたしの言う意味はおわかりと思う。人間は誰しも、何がどこにあるか、早くから心得ていると見える。

それから、クレヨンも教えた。クレイオラの、初心者向けのセットを買い与えたのである。太くて短いクレヨンで、練習用の補助器具がついている。何週間かに一度、わたしはこの子にクレヨンを持たせ、目の前で絵を描いて見せた。彼はたいてい、クレヨンを握りしめたまま、ぽかんとわたしの顔を見上げているばかりである。そのうちに、彼は〈穴ふさぎ期〉を迎え、クレヨンを口にくわえるばかりか、耳といわず、鼻といわず、穴と見れば突っ込むようになった。ひとしきりこれが続いて、つい先週、わたしは赤いクレヨンを摑んだ彼に手を添えて、新聞紙に大きな輪を描かせた。するとどうだろう。頭のなかの新しい部屋にぱっと電気がともって、彼はたちまちクレヨンの何たるかを理解した。もう、わたしが手を貸すまでもない。彼は何度も何度も自分で輪を描いた。母親が嬉しさ半分、迷惑半分で伝えるところによれば、今や彼は自身の存在を取りかこむ壁という壁にところ構わず落書きをして、これを止めさせるのがひと苦労であるという。

クレヨンと想像力。想像力とは、ものの形を思い浮かべる感性のことで、子供にとってはこれが幸福の足し算である。クレヨン、この素晴らしきもの、と言わずにはいられない。石油系の蠟に顔料と結合材をまぜて棒状にかためただけの、およそ素朴な画材でしかないが、これに想像力が加わると、世界は一変する。ペンシルヴェニア州のビニー社はこの油性棒状画材をクレイオラの名で年間二十億本生産し、全国連加盟国に輸出している。クレイオラは全人類が共通に使用している数少ない製品のひとつである。緑と黄色の箱も一九三七年の発売以来、変っていない。唯一の変化は「肌色」という色名が「桃色」になったことで、これは進歩のしるしである。

名付け親をしたその子供にクレイオラを買ってやるついでに、わたしは遊び心で自分用も買った。これは張り込んで、六十四色にした。箱に四つの仕切りがあって、シャープナーがついている。自前のクレヨンを持ったのは生まれてはじめてである。小さい時はいつも人のお古だったし、自分で買えるようになった時は、もうクレヨンで絵を描くこともなかった。そこで思いついて、わたしはクレイオラを何箱も買い、自分たちで使うように念を押して一箱を子供の両親に贈った。気のきいた贈り物ではないか。

以来、たくさんの人にクレイオラを贈って気がついたのは、大人も子供も、これを受け取る時に一種不思議な顔をすることである。子供たちはたいてい、うっとりとした表情を浮かべ、にっと笑ってクレヨンをぶちまけると、しばらくは黙って眺めている。それから、一本を手に取ると、もはやところを選ばず、思いのままに描きはじめる。注文を出せば何でも描いてくれる。大人たちは、実に何とも言えず愛すべき含羞の笑顔を覗かせる。嬉しさと懐かしさ、それに、困惑がないまぜになった微苦笑である。と、彼らはクレイオラにまつわる思い出を勢い込んで話しだす。はじめて買ってもらった時のこと。全部の色を使おうと張り切ったこと。折れてしまった時の悲しさ。きちんと順番に箱へ戻す苦労。何本も束ねて色を塗ったこと。熱いものの上に置いて溶かしてみたこと。蠟紙に削り屑を落とし、アイロンをかけてステンドグラスを作ったこと。食べてしまった時のこと……。どこまで行っても切りがない。パーティでちょっと変った趣向を凝らしてみたかったら、カクテルと一緒に出席者みんなに真新しいクレイオラの箱を配ることをおすすめする。

思うに、単純に数だけを言うならば、クレイオラで描かれた絵を超えるものはないのではあるまいか。世界中の数知れぬ段ボール箱や、抽斗や、戸棚や、屋根裏の物置や、その他もろもろの場所に何十億枚、いや、何百億枚というクレヨン画がしまい込まれているはずである。人類の想像力はクレイオラによって滔々《とうとう》たる大河の流れのように広く地球を潤した。各国の大統領も、首相も、将軍さえも、幼少の頃、きっとクレヨンで絵を描いたに違いない。

わたしは次期秘密兵器として、クレイオラ爆弾の開発を提唱したい。幸福兵器である。ビューティ・ボムである。紛争が起きるたびに、何はともあれ、まずこれを投下すればいい。クレイオラ爆弾は高々度で炸裂する。なに、静かなものである。何百万、何千万という小さなパラシュートが、クレイオラの箱をぶら下げてふわりふわりと舞い降りる。ここで予算を切りつめてはいけない。クレイオラは八色入りなんという貧弱な箱ではなしに、シャープナーつきの六十四色にしてもらいたい。金、銀、銅、マゼンタ、桃色、ライムの緑、琥珀《こはく》色、赤茶色、その他、ほしい色は何でも揃っているやつだ。人々はこれを拾ってはにかんだ笑顔を浮かべ、いわく言い難い表情を見せながら、想像力を働かせて世界を塗りつぶす寸法である。子供が触って腕を吹き飛ばされる気遣いもない。

何を馬鹿な、とお思いだろうか？　たしかに、いくらか幼稚な考えかもしれない。常軌を逸した、愚かしくも空しい発想と言われてしまえばそれまでだ。

だが、ここはっきりさせておく必要がある。各国が莫大な軍事費を投じて開発する兵器がどれだけの破壊をもたらし、悲劇を生むか考える時、何が空しく愚かしく、かつ不条理か、わたしは決して混乱していない。上は国家の指導者から、下は庶民大衆にいたるまで、想像力の欠如、つまりは、その必要について、わたしの考えは明快である。人類はもっと賢明であっていい。いや、それ以上に、賢明でなくてはならない。頭上から投下して、クレイオラよりはるかに始末の悪いものがある。

ひそかな欲求

夏もそろそろ終りという頃になると、わたしはいつも深刻な、哲学的な気分に取りつかれる。今わたしは人間の心の奥底に秘められた、きわめて個人的な欲求のことを考えているところだ。満たされた時、豊かな幸せを感じる欲求である。願望、あるいは、夢と言ってもいい。どうせ他人はわかってくれない、という気持から、わたしたちはこのひそかな欲求について語ることを嫌う傾向がある。が、ここはお近づきのしるしに、わたし自身のことをお話ししよう。わたしの願望はチキン－フライド・ステーキ、すなわち、フライドチキン風ステーキである。

筋の多い牛肉をまな板の上でよく叩き、卵と小麦粉の衣をまぶして、ベーコンの脂を引いたシチュー鍋でかりかりに焼き上げる。これでチキン－フライド・ステーキのできあがりである。

鍋から取り出した後へ、少量の小麦粉と牛乳を入れ、塩、胡椒を加えると、とろりとしたグレイヴィができる。ステーキを皿に取り、エンドウ豆とマッシュ・ポテトをつけ合わせた上からグレイヴィをかける。コーンブレッドとバター、それに冷たいミルクを添えれば言うことなしだ。ナイフとフォークを手にして皿の上に覆いかぶさり、天を仰いで神の恵みに感謝する。あとはもう、コーンブレッドの最後のひとかけらで皿のグレイヴィをきれいにふき取るまで、手と口を休める隙もない。

おお厭だ、とおっしゃる方もおいでだろう。頼まれても食べたくない。それはわかっている。旨いものによくある例で、もともとこれは古くなって、見た目にいかにもまずそうなみすぼらしい肉を、それとはわからないように体裁と味を取り繕う工夫から生まれた料理である。もっとも、片方には、わたしだったらガイガーカウンターを手にして、爆発物処理班に守られながらでなくてはとても近づけないようなものを食べて天国の至福を味わう向きもおありではなかろうか。まあ、いいではないか。お互いに、自分の好きなものを食べていれば間違いない。

趣味は論ずべからずだ。

人にはそれぞれひそかな、それも、ごくささやかな願望がある。私はかねてから、究極のチキン－フライド・ステーキを尋ね求めている。そのためには、長距離陸送便のトラック・ストップや、フリーウェーから遠くはずれた小さな田舎町をこまめに歩かなくてはならない。目当ては行く人も稀な裏街道や、草ぼうぼうの泥道しか通じていないような、聖なる美食の殿堂である。

参考までに、ある夏の探訪の成果を披露しておこう。

☆　アイダホ州ウィーサー市〈トーレス・バー・アンド・グリル〉
爪楊枝無料。
☆☆　オレゴン州フェアウェルベンド市〈フェアウェルベンド・カフェ〉
添え皿のミルクトースト、〝グレイヴヤード・シチュー〟が絶品。ただし、
これはステーキの評価外。
☆☆　オレゴン州ユマティーラ市〈ブルーバケット〉
食後のハッカ飴無料。
☆☆☆　シアトル市南六番街〈ルースターテイル・トラック・ストップ〉
ウェイトレスは元アラバマのトラック運転手。チキン‐フライド・ステーキ
のすべてを知り尽くしている。
☆☆☆☆＋花束　アイダホ州ペイエット市〈モード・オウエンズ・カフェ〉
皿からはみ出す特大のチキン‐フライド・ステーキ。つけ合わせにパセリ、
スパイスとピーチ、ヒメウイキョウのピクルス二切れ、目玉焼き。爪楊枝と
食後のハッカ飴無料。テーブルにペイエットの市街地図。

〈モード・オウエンズ〉では、店長がわたしに握手を求め、ウェイトレスは頬にキスしてくれた。わたしは二ドルのチップをはずんだ。たぶん、料理を全部平らげたのはわたしがはじめてだったろうと想像する。三日経っても、思い出すだけで涎が出た。

ローリング・ストーンズの有名な曲に、ほしいものがいつも手に入るわけではないが、時に必要なものが手に入ることもある、という文句があるが、そこで、わたしは言いたい。時として、ほしいものと必要なものが一緒に手に入ることもまた、ないではない。それも、爪楊枝とハッカ飴がただでもらえる上に、ほっぺたにキスのおまけつきでだ。

わたしがこの「チキン‐フライド・ステーキのための栄光の賛歌」を書いたのは、昔々のことである。以後、わたしの考えはいささかも変っていない。これを読んだある旅歩きのセールスマンが、わたしの紹介した店を残らず訪ねて、新しい情報を知らせてくれた。ほとんどの店は今も健在だが、わたしが最高の評価を与えたうちの一軒は、公衆衛生局から営業を差し止められたという。クリームグレイヴィに不純物が混入していたらしい。同セールスマンによれば、常連はこの店の隠し味の秘密がわかったと話しているそうである。

彼はまた、ユタ州サリーナの〈マムズ・カフェ〉を教えてくれた。わたしは食べにいった。四つ星にかなういい店だった。

ブルーリボン級のチキン‐フライド・ステーキがいつでも近間で食べられるように、わたしはシアトルの行きつけの店と特約を結んだ。エリオット・アヴェニュー・ウェスト350の海に面した〈シャンティ〉で、ここは服装規定もなければ、駐車場の係りにキーを預けて車の出し入れをしてもらうヴァレット・パーキング方式でもなし、もとより暴力とは無縁である。壁の貼り札に「変質者は鎖につなぐこと」としてある。

今この店では夜のメニューで「キャプテン・キンダーガーテン・ブルー・プレート・スペシャル」を売り物にしている。グルメ向けのチキン‐フライド・ステーキである。リブとサーロインの間の、普通ならポーターハウス・ステーキにする最上の赤身をよく寝かせ、開きにして叩き、卵の白身をからめてから胡椒をふって、小麦粉とサワードーのパン粉をまぶして鬱金《うこん》色に焼き上げる。よく熱してバターとベーコンの脂を引いたグリルで、片面九十秒が目安である。このステーキだけで皿はいっぱいだから、付け合わせは小皿で別に出る。パンに、スープとサラダ、お好みで、マッシュかフレンチ・フライド・ポテト、トウモロコシかサヤインゲン。クリームグレイヴィはピッチャーで運ばれ、これに新鮮な季節の果物か、カスタードパイがつく。アイスティーなり、コーヒーなりは飲み放題である。爪楊枝とハッカ飴はもちろんのこと、たっぷり会話が楽しめて、おまけに、ウェイトレスがぎゅっと抱きしめてくれるから、気前よくチップをはずんで悔いはない。わたしは一度、別誂えでチキン‐フライド・ベーコンを注文したことがある。

いや、おっしゃるまでもない。こんなものばかり食べていたら寿命が縮むことは知れている。

だが、それに何ほどのことがあるだろう？　こんな贅沢をしなくたって、どのみち先は見えている。

ならば、思うさま満足して、笑って死んだ方がいいではないか。

大人の隠れん坊

十月のある土曜日。ひんやり澄んだ黄昏《たそがれ》のなかで近所の子供たちが隠れん坊をしている。懐かしい遊びである。最後に隠れん坊をしてからどのくらい経つだろう？　五十年、いや、もっとになるのではなかろうか？　だといって、昔とくらべて変りがあるとも思えない。誘ってくれるものなら、いつでも仲間に入れてもらいたい。大人は隠れん坊をしない。純粋に遊びとしてはだ。ちょっと寂しい気がしないでもない。

どこの町内にも、隠れたが最後、絶対に見つからない隠れん坊の名人がいたのではないかと思う。わたしの仲間にもそういう子供がいた。わたしたちは、じきに捜すのを諦めてしまい、いつまでだって勝手に隠れていればいいんだ、とその子を放ったらかしにしてほかの遊びに移るのが常のことだった。そのうちに、彼は必ず現れて、どうしてちゃんと捜さないんだ、と食ってかかる。こっちだって負けてはいない。見つからないように隠れてしまうから悪いのだ。鬼が「みーつけた」というのが隠れん坊で、お前のは隠れん坊じゃない、とやり返す。すると、彼は言う。隠れているのを捜すのが隠れん坊で、よく捜しもしないで諦めてしまっては隠れん坊にならない。誰がそんなこと決めたんだ？　誰だっていいじゃないか。と、ここでわいわいがやがや口喧嘩だ。ちゃんとしないなら、もうお前となんて遊んでやらない。誰が遊んでやるものか。子供同士、言い出したら後へはひかない。隠れん坊もはては喧嘩で日が暮れる。が、そこは子供のことで、しばらくすればまた、隠れん坊するものよっといで、となる。前と同じで、彼は隠れたが最後、絶対に見つからない。ひょっとすると、今もまだどこかに隠れているのではなかろうか。

これを書いている間も、子供たちの隠れん坊は続いている。わたしの窓の下の枯葉の山に子供がひとり潜り込んでいる。もうずいぶん長いことそこにいる。ほかの子供たちはみな見つかり、一ヶ所に集まって、そろそろ諦めようかと相談している気配である。わたしは考えた。子供たちのところへ言って隠れ場所を教えてやろうか。それとも、枯葉に火を放って彼をいぶり出してやろうか……。思案の末に、わたしは窓から怒鳴った。「おい、坊や、出てっておやり！」びっくりした拍子に、どうやら彼は漏らしたらしい。泣きだして家へ飛んで帰った。情けが仇《あだ》とはこのことだ。

去年、わたしの知人が癌とわかった。すでに末期症状である。自身医者である彼は、人の死がどういうものかよく知っていた。家族や親しい友人たちに心配をかけまいとして、彼はとうとう自分の癌を秘密にしたまま亡くなった。誰もが人知れずじっと黙って苦痛に耐えていた彼の意志の強さに感服し、口々にそのことを言い合った。しかし、遺族やごく親しい友人たちは内輪の席で、故人が自分たちを必要としなかったことを嘆き悲しんだ。痛みを訴えてくれれば、慰めもし、励ましを与えることもできたろう。そして、一緒になって苦しみに耐えたはずなのだ。そういう周囲の気持を拒んで、さよならも言わずに逝ってしまうとは、あんまりではないか。

彼は隠れるのがうますぎたのだ。

適当なところで見つかっていれば、みんなから恨みを買うこともなかったろう。これが大人の隠れん坊である。ひとまずは隠れることを考える。隠れたら、捜してもらいたい。しかし、見つかったらどんな顔で出ていけばいいだろう？　人には知られたくない。みんな、何と思うだろう？　誰にも心配はかけたくない。

隠れん坊よりもわたしの好きな遊びに「サーディンズ」というのがある。イワシの缶詰の意味である。隠れん坊とは反対に、サーディンズでは鬼、または、親が隠れて、それをみんなで捜すのだ。鬼を見つけたら、一緒になってそこに隠れる。そうやって、段々隠れている子供が増えていき、狭い場所で肩を寄せ合っているところは、バスケットの中に小犬がひしめき合っているのにそっくりだ。そのうちに、誰かがくすくす笑いだすと、もう、みんな我慢できずに笑い声がはじけて見つかってしまう。

中世の神学者は神のことをラテン語で「デウス・アブスコンディトゥス——隠れた神」と言った。信仰は神と人との隠れん坊というわけだ。が、わたしは、神はサーディンズの鬼だと思う。寄りかたまったみんなが笑いだして、とうとう見つかることになるのだから。「オリー、オリー、オクセン、フリー」通りで遊ぶ子供たちの声が聞こえる。「おいで、おいで、出ておいで。ほかのことをして遊ぼう」わたしもまた、隠れるのがうますぎる人たちみんなに呼びかけよう。出ておいで。もう、隠れん坊はおしまいだ。

究極の車

現代は車社会である。どなたもご承知のことだろう。人々の車に対する入れ込みようはほとんど信仰に近い。精神分析医の故エリック・バーンは車談義のことを「ジェネラル・モーターズ」という名のカクテルパーティ遊戯だと言った。ジェネラル・モーターズ、すなわち、みんなの車というほどの意味である。

車についてはいろいろな議論があるけれど、経済性は本質的な問題ではない。イメージが決め手である。アメリカでは、車は体を表す。ガレージの車を見れば思い当たる節があるはずだ。

それはさておき、さんざん乗り古したわたしのポンコツもついに寿命で、もう長いことはなさそうである。新車の方は快調だ。といっても、まだ買ったわけではない。あれこれイメージを思い浮かべて、どれにしようかと思案しているところだ。シルバーグレイのメルセデス・コンバーティブル、それも、インテリアは総体レザー仕上げの高級車といったあたりがわたしのイメージにぴったりだ。ところが、銀行はどうもそうは思っていないらしい。BMWの黒塗りのオートバイにサイドカーというのも悪くない。が、妻はこれに反対である。特に、サイドカーがお好みでない。ガン・ラックを装備したシューティングトップの狩猟仕様ランドローヴァーにも大いに魅力を感じる。しかし、現代の都会に猟獣が群れる草原などありはしない。フォルクスワーゲン・ラビットは〈コンシューマー・レポーツ〉のお薦めである。だが、ラビット――綿尾兎というところが気に入らない。ウォルラス――海象《せいうち》か、あるいは、ウォーターバッファロー――水牛だったら、すんなり決まりかもしれない。

かつての教え子のひとりが、車なんか止めにして、有り金残らず麻薬に使った方がいい、と言った。そうすれば、いながらにして陶酔境にトリップできるではないか。せっかくの提案だが、これはわたしの好みではない。薬物によるトリップでは、帰りにちょっとスーパーで買い物というわけにもいかない。第一、それでは誰も羨まない。車は人が羨ましがるようでなくてはいけない。

思うに、時代の先端を行く車は、自ずから機械工学の傑作でなくてはならないはずである。贅沢で、なおかつ、実用的で、便利で、安上がりなのがいい。例えば、クリネックスで走るポルシェのピックアップトラックというのはどうだろう。もちろん、色はシルバーグレイだ。

つまるところ、わたしが求めているのは、外見ではなく実感である。単に乗り心地がいい悪いの問題ではない。車で走るというのはこれだ、と言える充実感である。

子供の頃、ある夏の夕暮れに、叔父のロスコウが運転するくたびれきったフォード・ピックアップトラックの荷台に乗って家へ帰ったことがある。八歳になる従兄弟ふたりが一緒だった。泳ぎにいった帰りで、わたしたちはスペアタイヤに腰かけて、古いキルトを肩にはおり、年老いた犬に体をすり寄せて温まった。そして、チョコレート・クッキーを頬張り、メイスンの魔法瓶からおいしいミルクを飲みながら、みんなして「壁にビールが九十九本」という歌をありったけの声で際限もなく歌った。月が昇り、星降る空から神がわたしたちを見守っていた。家に帰れば、道はそのまま夢路へ通じている。この世に何の憂いもない。

そう、これが車に乗るということだ。これでなくては嬉しくない。わたしはそういう人間だ。どなたか、いいセールスマンをご存じなら、ご紹介ねがいたい。

5 親しき隣人

隣人を語る六章

以下の六章は全体でひとつのまとまりを構成している。いずれも、かつて交流のあった隣人の話である。あちこち移り住んだこれまでをふり返って、懐かしく思い出すのは決まって隣人のことで、生活空間である土地建物にさのみ郷愁は感じない。隣近所はみなそれぞれに味のある、素晴らしい人たちだった。

人間、誰しも生涯の間に、どこかで敬愛すべき隣人に恵まれる。

人は必ず、誰かの隣人だとも言える。

隣人同士はお互いに観察して、よきにつけ悪しきにつけ、相手からきっと何かを学ぶ。日常の暮しに隣人の占める役割は大きい。にもかかわらず、人はめったに隣人を選ばない。わたしは一度、親しい友人で生粋《きっすい》のアメリカ人女性の家捜《いえさが》しに付き合ったことがある。彼女は当然、交通の便、建物の状態、価格など、一般的な不動産の条件を考慮したが、何よりもこだわったのは、近隣の住人と、庭木の二点だった。めぼしい物件があると、彼女は購入を検討する前に近所を訪ねて顔見知りになった。建物は修繕がきくし、いっそのこと、更地にして建て替えてもいい。しかし、庭木が立派に育つには時間がかかるし、隣近所は生活の質に大きく影響する、と彼女は言う。その通りだ。ここに語ることからもおわかりのように、行く先々で隣人に恵まれたわたしは本当に幸せだった。話の都合で、多少は誇張もあるが、決して大袈裟ではない。事実関係はそのままで、登場する隣人はすべて実在である。

わが友ワシントン氏

以前、険しい丘の中腹にある古びた別荘ふうの家に何年か住んだことがある。不動産屋はしきりにこの家の「魅力」を売り込んだ。掘っ建て小屋に毛の生えた程度でしかないが、眺めがいいことだけは保証する、という意味だ。

そういうところだから、庭も自然のまま放ったらかすことにした。いっさい手は加えず、生えるものは生え、棲むものは棲むに任せておけばいい。わたしはフロントポーチから、わが庭に生きとし生けるものに向かって宣告した。「君たち、これからは各自の責任において生きていかなくてはならない。どうか、ひとつ、しっかりやってくれ」

山側に隣り合ってわたしの家を見おろすところにワシントン氏の邸宅があった。こけら葺きの瀟洒《しょうしゃ》なランチハウスである。手入れの行き届いた庭はゴルフコースと森林公園をひとつにしたようで、これがワシントン氏の自慢であり、また道楽でもあった。ワシントン氏は年配の保険代理人で、ことリブとブリスケのバーベキューに関しては、右に出る者とてない料理の名人だった。

そして、ワシントン氏は黒人だった。

わたしは違う。(わたしの肌は淡褐灰色、ないしは黄灰色である。)

一九六〇年代も末のことで、わたしは公民権運動と平和運動に熱中し、まるで浮かされたように、ことごとに自由を叫んでいた。ワシントン氏はどうかといえば——そう、ここは彼自身の言葉をそのまま引くとしよう。「なあ、フルガム。君は下り坂のホンキー、こっちは上り坂のニガーなんだからな。いいか、そこを忘れるな」彼はいつも、この言葉を吐いては呵々大笑した。彼は何かにつけてわたしを見下し、わたしは何かにつけて彼を仰ぎ見る。社会学的に、奇妙なねじれが起きていた。

わたしはワシントン氏の言葉遣いにひどく面食らった。ホンキー、白ん坊、と呼ばれる分には構わないが、彼が自分から、ニガー、黒ん坊、と言うのはまずいのではないかと気になった。ところが、当人はまるで無頓着で、黒ん坊を名乗って笑い飛ばすのが常のことだった。

ワシントン氏はポーチに立ってわたしのみすぼらしい家を辛抱強い憐れみの目で見おろすのが大好きで、わたしのような者と付き合っているのは、自分よりもチリ料理がうまいのと、近所中で最も豊富に電動工具が揃っているためだ、と公言してはばからなかった。

ちょくちょくポーカーの手合わせをした。ふたりとも上等の葉巻に目がなく、妻が葉巻を目の敵《かたき》にしている点も同じだった。わたしたちは、当時盛んだった社会正義や平和を訴えるデモに何度も一緒に参加した。音楽の趣味もよく合って、一度、夜っぴてジョン・コルトレーンとジョニー・ホッジズのソロを聞きくらべたことがある。

ワシントン氏は実によく笑った。どんなに暗く深刻な世の中も、彼の目にはわたしたちみんなが登場する一編の漫画である。彼の笑い声は、聞くだけで頭痛や歯痛の悩みも忘れるほどだった。

ゆくりなくも、わたしたちは日々の暮しでお互いに、価値判断や、行動選択の基準を提供し合っていた、と言ったらおわかりいただけると思う。

ワシントン氏はすでに故人である。わたしは寂しくてたまらない。

彼が伝授してくれたソースのレシピでバーベキューをする時に、よく思うことがある。わたしの料理はとうていワシントン氏にかなわない。ワシントン氏の隠し味は、料理をしながらも絶えることのない、あの高笑いである。

タンポポがいっぱい

ワシントン氏は芝の手入れが趣味で、それはもう、病膏肓《やまいこうこう》の域に達していた。不思議なことに、庭いじりとなると彼の頭のなかでわたしのところと敷地の境界が曖昧になってしまう。毎年、ある季節に彼は除草熱の発作を起こした。大釜で秘薬を煎じる魔女さながら、ワシントン氏は車庫にタンクを並べて除草剤の調合にかかる。これがはじまったら要注意だ。

果たせるかな、ある朝、見るとワシントン氏がわたしの庭にまで出張ってきてタンポポに除草剤を散布していた。

「別に、そっちの迷惑にもなるまいと思ってさ」彼は悪びれるふうもなく言った。

「どういたしまして。大いに迷惑ですね。うちの花を枯らしてくれちゃあ困るじゃないですか」わたしは舐めていると取られないように気をつけて言い返した。

「花？」ワシントン氏は目を丸くした。「君ねえ、こいつは雑草だよ」彼はさもけがらわしげにタンポポを指さした。

「雑草というのは」わたしは引き下がらなかった。「生えてほしくないところに生える草のことですよ。つまりですね、雑草という名の草はないんです。雑草かどうかは、見る人次第ということですよ。わたしに言わせれば、タンポポは雑草なんかじゃありません。タンポポは立派な花です」

「こいつは驚いた」彼は吐き捨てるように言うと、頭のおかしいやつとはとうてい付き合いきれないとばかり、後をも見ずに立ち去った。

と、まあ、こんな具合で、わたしはタンポポが大好きだ。春になると庭一面に黄色い花が咲き乱れる。わたしが世話をしてやるわけでも何でもない。タンポポは勝手気ままに生えて出る。わたしは邪魔をしないし、タンポポの方でもわたしが自由にふるまうことを妨げない。タンポポの若葉をサラダにすると、ぴりっと小味がきいてなかなかいける。軽口のワインにタンポポの花を浮かせると、風味が増して色合いもよくなる。根っこを焼いて粉に挽き、これを煮出すと実に芳ばしいタンポポ・コーヒーになる。柔らかい若芽はお茶のようにして飲むと強壮剤の効果がある。硬く育った葉は、鉄分や、ビタミンA、Cを豊富に含み、煎じて飲むと便秘にいい。蜂はタンポポを好む。タンポポのたくさん咲いた土地では最高の蜂蜜が採れる。

タンポポは三千万年前から地球上に咲いている。化石が発見されているから、これは間違いない。レタスやチコリの近い親戚で、学名は *Taraxacum platycarpum* と言い、キク科タンポポ属の多年草である。英名ダンディライオン dandelion は、フランス語のライオンの歯、dent de lion から来ている。ヨーロッパ、アジア、北アメリカに広く分布しているが、誰が種を蒔いたわけでもない。タンポポが好きなところに咲いたまでである。タンポポは病虫害、暑さ寒さ、雨風に強く、人間に対しても抵抗力がある。

タンポポが、もし、めったに見られないひ弱な花ならば、人は一株二十四ドル九十五セント出してでも競ってこれを買い求め、温室で丹精こめて育てることだろう。タンポポ協会ができて、毎年品評会が催されたりもするだろう。ところが、タンポポは野草である。自然のままに場所を選ばず、好きなようにはびこっている。それで人はタンポポを雑草と呼び、ことあるごとに根絶やしにしようとする。

しかし、わたしは言いたい。タンポポは、どうして立派な花である。いとも愛すべき、楽しい花である。庭にタンポポが咲くと晴れがましい気持がする。わたしの庭にはタンポポがよく似合う。まだいいことがある。タンポポには夢がある。花が終ると、小さな種をつけた綿毛のヘリコプターが風に運ばれてどこか遠くへ飛んでいく。あの茎の先に丸くなった綿毛を一息できれいに吹き飛ばせたら願いごとがかなうという。恋をしているなら、タンポポの綿毛は愛しい人にふんわり止まってその髪を美しく飾ってくれるだろう。

ワシントン氏の庭に、タンポポとくらべられるものがあったらお目にかかりたい。これでもまだタンポポは認めない、とおっしゃるなら、ひとつ、こんなことを考えていただきたい。タンポポはただである。いくら摘んだところで、誰からも文句は言われない。

両手に持ちきれないほど採って帰ることができる。

何と、大した雑草ではないか。

わたしのタンポポ礼賛《らいさん》は反響を呼んで、以来、たくさんの読者からお便りをいただいた。懇切丁寧に手順を説明したタンポポ酒の製法も何通りか寄せられた。タンポポのお酒は、百年ほど前のアメリカで極く普通に飲まれていたが、現在、わたしの知る限り、これを市販しているのはアイオワ州シーダー・ラピッズの南西で共同生活を営むルーテル教会の一派、アマナ会だけである。買うとしたら、アイオワまで行かなくてはならない。

ところが、タンポポ酒はさほど面倒もなく自家醸造が可能である。

ついては、この道で長年の経験を積んだ立場から、あらかじめ役に立つ助言をしておこう。本気で取り組むつもりなら、何よりもまず地元の造り酒屋を訪ねて、自家醸造に必要な用具と技術について専門家に教えを請うのが早道だ。はじめにこれを怠ったとしても、二度目には必ず頭を下げに行くことになる。わたしが言うのだから、間違いない。

以下に、タンポポのお酒一ガロンの製法を詳述する。

まず、用具一式を取りそろえて、手順をじっくり思案する。例えば、六ガロンの容器を満たすだけの湯を、どこでどうやって沸かすか、よく考えておかなくてはならない。

四月から五月のある晴れた日に、タンポポの花一クォート、約一リットル相当を採集する。花を洗ってはならない。ということは、除虫剤や肥料を撒いた場所のタンポポは原料として使用に耐えないわけで、これは極めて重要である。

清潔な六ガロン容器に花を入れて熱湯を満たし、チーズクロス、またはモスリンで容器を覆って一昼夜、花を浸す。

翌日、篩《ふるい》で花を掬い取り、モスリンの布で液を濾《こ》す。濾した液を容器に戻し、レモンとオレンジのスライス、各五切れ、干しブドウ二ポンド、醸造酵母の塊ふたつ、粗糖五ポンドを加えて、よくかき混ぜる。

容器を清潔なタオルで覆って、風のない、暖かな場所に置く。泡が出なくなるまで約一週間、日に一度、原液を攪拌する。浮き滓も毎日除去する。その後、二日ほど放置して沈澱物が落ち着くのを待つ。

仕込みの終った原酒をきれいな壜に取り分ける。封はコルク栓でもねじ蓋でもいい。湿気のない低温な場所に、十二月まで壜を寝かす。こうして熟《な》れたところで、タンポポ酒ははじめの年から飲むことができるが、数年は保存がきいて、先へ行くほど味がよくなる。

花を摘んだ日と、その日の天気を壜に記しておくと、春の思い出のよすがになる。タンポポ酒は、これを仕込んだ四月か五月の麗《うら》らかな日を彷彿させる、澄んで暖かい黄色みを帯びているのが本格である。もうひとつ、経験から知恵を添えておくと、人に飲ませるのは二、三本、聞き酒をして、味を確かめてからにした方がいい。

酒造りは一種の芸術である。タンポポ酒を間違いなく決まった飲み口に醸《かも》せるようになるまでには、少なくとも三度は試行を重ねる必要があるだろう。しかし、出来映えのほどはともかく、楽しい体験ができることは請け合いである。

タンポポとは、何と大した雑草ではないか。

ステッキ磨きの夢

お隣で、昨日、どぶ浚《さら》いをした。雨樋も掃除した。はじめてのことではない。去年もやっているところをわたしは見た。ただ驚嘆のほかはない。わたしは四十を過ぎるまで、世の中に自分でどぶ浚いや雨樋の掃除をする人がいるとは知らなかった。その後も、わたし自身はただの一度もそんなことをしていない。

そういうことをやってのける人を見ると、本当に偉いと思う。几帳面に何でもきちんとする人をわたしは尊敬する。必要なことを確実に、それも、間違いなく片づける人たちだ。毎月、欠かさず小切手帳を精算して銀行の残高と照らし合わせる人をわたしは知っている。信じられないことながら、現にそういう人たちはいる。

彼らのところには、ちゃんと書類キャビネットがある。靴箱ではない。帳簿は常に整理されていて、最新のデータも、過去の記録も、たちどころに取り出せるようになっている。彼らは家のなかのどこに何があるか、正確に知っている。流しの下も、戸棚のなかも、車のトランクも、整理整頓されてきちんと片づいている。彼らは年に一度、忘れずに暖房機のフィルターを交換する。機械、道具の類には油を差す。更新すべきものは必ず更新して、期限切れなどということは絶対にない。懐中電灯にはいつも新しい電池が入っているだけでなく、置き場が決まっているし、替えの電池も揃っている。

最後に車を点検したのはいつだったか——そういうことも彼らはちゃんと知っている。車庫の工具類は整然と壁の釘にかけられ、あるいは、然るべき場所にしまわれている。税金は事実に基づいて申告し、いい加減な見当や、神頼みの数字はひとつもない。夜寝る時は、明日やるべきことが頭のなかで整然と一覧表になっている。朝起きれば、ベッドの脇に皺ひとつないバスローブが畳んである。抽斗を開ければ靴下がきれいに揃っていて、間違っても左右ちぐはぐに履くようなことはない。そうなのだ。彼らは朝、出かける段になって、車のキーはどこへやった、とあたふた探し回ることもないし、バッテリーの状態や、燃料が充分かどうかを心配することもない。

世の中にはそういう人たちがいるものだ。何をやってもそつがない。カオスの支配もおよばず、エントロピーの法則からもはずれた人たちである。わたしの周囲にもたくさんいる。沈着冷静な彼らは社会の理性を支える柱である。母校の年鑑に名を残す成功者たちである。

かく言うわたしはまるで違う。わたしはフライパンから飛び出したところが、そこはこぼれたミルクのなかだったようなありさまだ。広い柵囲いのなかで鶏の群を追いまわすにも等しい、てんやわんやの毎日である。人生は防空演習にさも似たりだ。まあ、詳しいことは抜きにして、あとはご想像に任せよう。

そんななかで、時につけ、折に触れて思い描く夢がある。その夢のおかげで、わたしは何とか落ち込まずに済んでいる。これを名づけて、ステッキ磨きの夢という。ある日、地域の長老会議の代表がやってきて、そろそろステッキ磨きの儀式をする時期だと告げる。善良な心根を持ちながら、どうもうだつが上がらない人間の、黄昏の通過儀礼である。

まずはその仕組みをお話ししよう。これに選ばれるのは、心優しい善意の人間である。このあたりで肩の荷を下ろしてもいいのではないか、と選考委員が判断して推挙する。選ばれた人間は、一週間、いっさいの責任から解放される。予定表は白紙に戻り、会議に出ることもなければ、延び延びになっていることを気にする必要もない。請求書も、手紙や電話の返事も、放っておけばいい。そして、俗塵を離れた閑静な場所に案内され、そこで一週間を過ごすのだ。禅寺のように質素で清潔な場所である。何もかもいたれりつくせりで、食事もいい。不満はないか、困っていることはないか、と痒いところへ手が届く心遣いである。ひとつだけ、簡単な仕事が与えられる。それが、ステッキ磨きである。紙ヤスリと、レモン油、ぼろ切れなどは、みな向こうで用意してくれる。もちろん、ステッキもだ。上等なステッキ、といっても、しょせんは一本の棒切れでしかない。これをひたすら丁寧に磨くのが仕事である。いやなに、気が向いた時だけでいい。ステッキ磨きとは、ざっとこんなところだ。

一週間経つと、また長老会議の代表が訪ねてくる。彼らはものものしく仕事の出来を検分して、磨き手の職人芸や、感性、見識に舌を巻き、口々に賛嘆の声を発する。「これほどよく磨かれたステッキはまたとない」テレビがこれを取り上げ、新聞は顔写真入りで報道する。「この心優しい善人は、非の打ちどころなく、見事、完璧にステッキを磨き上げた」かくてひそかな満足を胸に、長老会議の面々に付き添われて家に帰ると、家族や隣近所は尊敬の色を隠さない。道を歩けば、人々はみなわけしり顔に笑いかけ、手をふり、親指を立てて祝福のサインを送って寄越す。ステッキを磨き上げた人間は、生涯の新たな段階に足を踏み出したのである。

それだけではない。この時を境に、以後はどぶ浚いや雨樋の掃除を気に病むことはない。小切手帳や、金銭出納帳や、もろもろの書類に頭を悩ますこともない。戸棚や抽斗の整理も、税金の申告も、車のトランクの整頓も、すべて誰かが代りにやってくれる。いっさいの雑用は人任せにしておけばいい。「しなくてはならないこと」の束縛から永遠に解放されるのだ。それはそうだろう。ステッキを磨いたのだから。そのステッキは、マントルピースの上の壁に飾ってある。これは誇るに価する。何かを立派になしとげた今は、もう、お役ごめんである。

ああ、どうにかかなわない夢だろうか。

落葉の庭に雪が降る

　隣の男とわたしはお互いに懐疑の目を向け合っている。わたしが見るところ、彼はレーカーであり、シャベラーである。つまり、熊手やシャベルをふりまわして大地の自然なあり方を妨げる人間だ。かつて未開の荒野を征服した人種の残党である。一方、彼に言わせれば、わたしはぐうたらの一語に尽きる。

　秋ともなれば、彼は毎週、熊手で落葉を掻き集めては庭にいくつも山を築く。雪が降ればシャベルを持ち出して、地面に積もった白いものをさんざんに痛めつける。一度、物に憑《つ》かれたか、癇癪《かんしゃく》を起こしたかして、彼は真っ白に霜が降りた庭をえいやえいやとほじくり返した。「母なる自然だか何だか知らないが、そんなものにでかい面をされてたまるか」これが彼の言い分である。

　そこで、わたしは異を立てる。彼は神が深い思い遣《おもや》りから自然に与えた絶妙な仕組みをまるで理解していない。季節が来れば、木の葉は落ちる。何千年、何万年の昔から、木の葉は散り続けている。人間が熊手を持ってやってくる以前、地球は土地が肥えていた。母なる自然は散らせたいと思うところに木の葉を散らせた。散った落葉はやがて朽ちて土になった。土はもっともっとなくてはいけない。今、地球から土が減っている。と、そんなことをわたしは彼に言う。

雪についてはどうか。雪を目の敵にすることはない。雪は、そんなにあくせくせずと、たまには一日のんびり寝転がって過ごせという神の思し召しである。それに、雪は放っておいたってひとりでに解けてなくなる。落葉と一緒になって土を作るのだ。堆肥のことを考えてみるといい。と、そんなことをわたしは彼に言う。

彼の庭は、なるほど、すっきり片づいている。これは認めないわけにはいかない。すっきりしていることに大事な意味があるとするならばだ。この前の大雪の時も、彼はガレージへ行く途中で滑って転んだりはしなかった。わたしは転んだ。それに、熊手やシャベルをふりまわしはするが、彼は憎めない人間である。その点、わたしはいたっておおらかだ。

とはいえ、ペルシャ絨毯を敷きつめたように、赤や黄色や、緑や茶色、と彩りにあふれたわたしの庭にくらべて、彼の庭はいかにも殺風景である。彼が雪掻きをする時、わたしは雪を取って壜に詰める。七月になったら、この水でオレンジジュースを割って飲む。わたしはまた、雪の降る音を録音して、そのテープをクリスマスプレゼントに添える。こんなふうに、雪はいろいろの役に立つ。

彼にも、当たり年の雪の壜詰めとテープを贈った。彼は私に熊手をくれた。お互いに、そのもの本来の使い方を教えてやろうという心である。わたしは無神論者らしい彼を信仰の道に誘いたいと思っている。彼は煙たがってわたしを敬遠する。

　しかし、結局は、そう、すべてが終る最後の段階には、わたしが勝つことになっている。なぜかといえば、彼もわたしも、――そして、今この本を読んでおいでの方々も――落葉や雪と同じ運命をたどるに違いないからだ。人間はいずれ土に還る。落葉搔きや雪搔きをしようがしまいが、そのことに変りはない。

ギャンブラーの哲学

わたしの隣の男に職業を問えば、彼は犯罪組織の一味に連なるプロのギャンブラーだと答えるはずである。本当は保険代理業だ。彼は自分の職業に対して極く健全な卑下を示し、ことのついでに、いささか懐疑的な人生観を披瀝《ひれき》する。「人間、みんなギャンブラーだよ。誰だってそうだ。人生というのは、要するに、サイコロ、ポーカー、競馬。毎日が博奕《ばくち》さ」そして、彼はひとこと言い添える。「あたしは、この博奕が好きなんだ」

しかし、彼は博奕で損はしない主義である。確率に開きがない時は両方に賭けて、丸裸にされる危険を避ける。彼は博奕哲学を格言にしてオフィスの壁に掲げている。

常に勝負仲間を信じること。すべからく、カードはよく切ること。
常に神を信じること。すべからく、自分の家は高いところに建てること。
常に汝の隣人を愛せよ。すべからくよい環境を選んで住むこと。
速い馬が来るとは限らず、強い軍隊が勝つとは決まっていない。とはいえ、やはり勝ち目のある方に賭けるのが安全である。

「右の頬を打たれたら左の頬を出せ」と「一日の苦労は一日にして足れり」の中間に賭けること。

「短気は損気」と「下手の思案は休むに似たり」の中間に賭けること。

勝ちについて。勝つだけが能ではない。大切なのは勝負の中身である。

負けについて。負けて腐ることはない。大切なのは勝負の中身である。

勝負について。やるからには勝て。

彼は本当にこれをそっくり信じているだろうか？　彼は本当にこの通りに生きているだろうか？　私には何とも言えない。が、わたしはよく彼とポーカーをする。保険は彼に頼んでいる。なかなか味な男である。

床屋の友人

人間の髪の毛は、だいたいひと月に半インチの割で伸びるという。ワシントン氏がどこでこの数字を仕入れてきたかは知らないが、たまたま床屋の比較談義になった時、彼の口から聞いたことである。してみると、わたしはこの十六年間に行きつけの床屋で、頭と顔から八フィート、つまり、二メートル半近い毛髪を刈り取られた計算だ。

その場ではさして気にも止めなかったが、いつものように予約の電話をして、にわかに事情が変った。床屋は店を畳んで、ビル・メインテナンスの仕事に鞍替えしていた。わたしは耳を疑った。それはないだろう。なにしろ長い馴染みではないか。家族に死なれたような気持だった。わたしたちは年格好が同じで服のサイズも一緒といった程度の、そんな生易しい間柄ではない。

はじめは「床屋」と「客」の関係でしかなかった。それが、長い間に「無知蒙昧の田舎床屋」と「観念左翼の牧師先生」になった。わたしたちは月に一度、天下の情勢を論じ合い、床屋政談を戦わせ、また、日常の卑近な問題について意見を交わした。公民権運動や、ヴェトナム反戦や、たび重なる選挙を巡って激しくやり合ったこともある。お互いに相手を映す鏡であり、懺悔聴聞僧《ざんげちようもんそう》にして告白者であり、主治医だった。そして、何よりもわたしたちはおかしな友だち同士だった。三十代から四十代にかけて共通の体験を持つわたしたちは、議論もすれば、口論もした。よく冗談も言い合った。しかし、いつもお互いに一目《いちもく》置いてある程度の距離を保っていた。

それはそうだろう。何といっても、わたしはお客さまである。対するに、向こうは剃《かみ》刀《そり》を構えて上からこっちを睨まえている。

彼の父親は地方警官で、家は貧しく、田舎町で育った少年時代、彼は原住民に偏見を懐いていたという。わたしもまた、似たような田舎町の貧しい家に育ち、子供の頃は黒人に偏見を持っていた。わたしたちは同じ年頃の子供を持ち、親の立場で頭を痛める問題ではどの段階でもほぼ共通していた。妻子のこと、車や庭の手入れ、といった話題でも通じ合うところが少なくなかった。彼が休みの日には老人ホームへ出かけ、無料でお年寄りの髪を刈っていることを知って、わたしは頭が下がった。彼の方でも、わたしに関してひとつやふたつは何かいいことを発見してくれただろうと思う。

床屋の店以外で会ったことはない。家族と顔を合わせたこともない。お互いに家を訪ねもしなければ、食事をともにしたこともない。にもかかわらず、わたしの生活のなかで、彼は極めて重要な存在だった。垣根を隔てた隣同士だったら、おそらく、こうはいかなかったろう。この良好な関係は、ひとつには、お互いに敬意を懐いて距離を保つことで成り立っていたと言える。彼の床屋がなくなって、わたしは体にぽっかり穴が開いたような気持だった。いっそのこと、この先もう散髪を止めようかと思わないでもなかったが、髪の毛が八フィートも伸びてしまっては、これまた具合が悪かろう。

人はみな、自分ではそれと知らずに他人の生活に大きな位置を占めている。牧師と会衆の関係についてもそれは言える。角のコンビニの店長や、自動車修理工場の整備工、家庭医、学校の教師、町内の知り合い、職場の同僚、みな同じである。彼らはいつも「そこ」にいて何とはなしにえらく頼りになる善意の人たちだ。毎日の暮しのなかで、彼らは物を教え、祝福や励ましを与え、力になり、気持を引き立ててくれる。そのことを、人は決して口にしない。どうしてなのか、わたしは知らない。とにかく、自分からは話さない。

もちろん、これはお互いさまである。人はみな、どこかで誰かの役に立っている。自分のことを頼りにし、することを眺めて、そこから何かを学び、何かを得ている人々がいると思って間違いない。

自分を安売りするものではない。目に見える証拠がなかろうとも、人はみな、自分で思っている以上に、なくてはならない存在である。きっと、誰かから必要とされている。ただ、それが誰かは必ずしもはっきりしないからややこしい。

スーフィー教に、神からひとつの願いをかなえられた善人の説話がある。その男は、知らず知らずのうちに人に喜ばれることをして歩きたい、と願った。神はこれを聞き届けたが、考えてみれば、なかなか悪くない。そこで、神は男の願いをすべての人間にかなえることにした。

以来、人類はそのまま今日に至っているという。

6　人の居場所

あたしは人魚

ジャイアント（大男）、ウィザード（魔法使い）、ドゥウォーフ（小人）。ゲームはこれで行くことにした。

親たちが父母会の仕事をしている間、七歳から十歳の子供八十人ばかりを預かったわたしは、教会の社交室に一同を集めて、まずはゲームの約束を説明した。「石と紙と鋏」を大がかりにしただけの話だが、多少は知的な意思決定を必要とするゲームである。とはいえ、ありていは、大勢がひたすら追いつ追われつ喚声を上げて駆けまわり、最後は敵も味方も、勝ちも負けもなくなってしまう。そこがこのゲームの眼目である。

部屋をうずめて一瞬たりともじっとしていない低学年の子供たちを二組に分け、基本的なルールを説明し、それぞれに自分の帰属集団を納得させる、と口で言うのは簡単だが、これがまあ、なみたいていのことではない。しかし、わたしは頑張った。子供たちもよく言うことを聞いてくれて、いよいよゲームがはじまった。

追いかけっこの興奮が頂点に達したところで、わたしは叫んだ。「さあ、みんな、自分が何か決めるんだよ！　大男か、魔法使いか、小人か！」

　子供たちは組ごとにかたまって、せわしげにひそひそ声で相談した。と、誰かがわたしのズボンを引っぱった。小さな女の子だった。彼女はわたしを見上げておずおずとか細い声で言った。「人魚はどこへ行くの？」

　さあ、何と答えたらいいだろう？　少女は瞬きもせずにじっとわたしを見つめている。さんざん考えてから、わたしは問い返した。「人魚はどこへ行くかって？」

「そうよ。だって、あたし、人魚なの」

「人魚なんて、どこにもいないんだよ」

「ううん、いるよ。あたし、人魚だもん」

　大男も、魔法使いも、小人も関係ない。彼女は自分が何者か知っていた。あたしは人魚。しかも、ゲームを降りる気は毛頭ない。敗者の群に加わって壁際に立つことは、彼女の本意ではない。人魚の場所さえあれば、彼女はあくまでも勝ち残る意志である。彼女は誇り高く、自分のあり方に関しては妥協を知らなかった。人魚の場所がないなんて、考えられない。当然、わたしに訊けば教えてくれるものと信じきっている。

　さて、人魚はどこへ行けばいいだろう？　彼女に代表されるすべての人魚たち。常識の枠にはおさまらず、既成の価値観や規範には従いきれないはみ出し者たちは、いったい、どこに身を置けばいいのだろうか？

　この問いにきちんと答えられたら、学校がひとつ建つだろう。いや、国家も、世界も、今よりずっと安定するはずだ。

が、それどころではない、彼女はわたしの答を待っている。わたしもこれで、たまにはいいことを言う。咄嗟《とっさ》の知恵で、わたしは答えた。「人魚はここでいいよ。海の王様のそばだ」

少女とわたしは手をつないでそこを動かず、魔法使いや、大男や、小人たちが床を蹴たててつむじ風のように走りまわるのを見物した。

そうだとも。人魚なんてどこにもいないというのは間違いだ。

わたしはひとり知っている。

手をつないだことがある。

タクシー

厳冬のニューヨーク。マディソン街は五十二丁目の角である。肌を刺す寒風が吹き荒れている。車の渋滞は氷結した河川に似て、行き交う人々は不機嫌が服を着ているようである。そのなかで、わたしは穏やかに手をふってタクシーを呼ぶ。どこから見ても、わたしは他所者だ。

イエロー・キャブが寄ってくる。運転手はピンクのナイロンジャケットに黒のターバンという、小山のような黒人女性である。舐めるんじゃないよとばかり、眉を吊り上げて彼女は食ってかかる。「どっか行くの？　目当ては女？　何だって言うの？」そう、わたしはこれから行くところがある。乗り込んだわたしをふり返って、彼女は重ねて食ってかかる。「で、どこ行くの、お客さん？」

「ずっと北の、五番街九十五丁目までやってもらえるかな」

彼女はけたけた笑う。「そりゃあ駄目だわ。勘弁してよ」

「どうして？」

「この街はね、セメントで固めたようなもんだから。高さ五十フィートの煉瓦塀で真ん中が仕切ってあんじゃないの。年が年中、何だかんだって交通止めよ。パレードだか何だか知らないけど。やれ、引退した野犬狩りの団体だの、やれ、クークラックスクランだの、わけがわかんない。ローマ法皇がまだその辺にいるとか、大統領が舞い戻ったとか、何があるかわかったもんじゃないわ。もしかして、イエス・キリスト本人が来てんじゃないの。今年になって、まだ顔を見せてないのはキリストぐらいのもんだからね」

彼女はまた笑う。あけすけな高笑いである。

「じゃあ、北へは行ってもらえない？」

「この車じゃね。シカゴを回って行けって言うなら別だけど。でも、南向きならどこだって行くよ。ウォール街、ニュージャージー、フロリダ、リオデジャネイロ。お客さんが、ここって言うとこまで、どこへでも。ダウンタウンなら、走ってて面白いしね。けど、アップタウンはごめんだわ。特に、今日は駄目よ」

「どうも、お邪魔さま。話は違うけど、そのターバン、なかなかいいね。国はどこかな？」

またもや例の高笑い。「ターバンは帽子がわりよ。国はニューヨーク市。生まれも育ちもこのニューヨークで、今もこうやって、ここで暮してんの。出るに出られずで、いずれはここで死ぬのよ。でもね、いつか、何とかして、ニューヨークを離れるんだって、ずっと思ってるわ。夢のまた夢だけどね。あたしが死んだら、市は剝製にして博物館に飾るんじゃないかしら。この世に生きたなかで一番どじな女、とか札を掲げてさ。とっくの昔にニューヨークを出りゃあよかったものを、ぐずぐずしてるうちにこのざまだって」

「どうして出ていかないの？」

「お客さんだって、もっと前にやっときゃあよかったことはいっぱいあって、数えだしたら切りがないんじゃない？」

「おっしゃる通り」

「そうでしょう。出ていかない理由はそれよ、お客さん。というより、物事すべてのわけがそこにあるんだわ。あたしはそう思うけどね。おまけに、ニューヨーク以外は危険がいっぱいだし、勝手が知れないしさ。竜巻だの、山火事だの、クマだの、自然もこわいけど、南部の反動右翼とか、信仰に凝り固まって生まれ変った気でいる人種とかは付き合いきれないしね。知らない土地で、人はなかなか打ち解けてくれないだろうし、ビューティ・クイーンだの、カウボーイだの、インディアンだの、あたしにはわけのわからない人ばっかりだから。だったら、運を天にまかせて、ニューヨークでやってく方がいいわ」

「それにしては、あまり幸せそうにも見えないね」

「だってねえ、今日はさんざんよ、お客さん。さっきも言ったけど、街中が込み合って、動きが取れないもの。誰かがゴキブリの全国大会に膠《にかわ》を流したかと思うようだわよ。天気も悪いけど、この程度はまだまだで、人は車に乗らないから、タクシーは商売にならないでしょう。それに、付き合ってた男が、女ふたりと逃げちゃったの。ひとりならまだしも、女ふたりよ。家賃は溜まる一方だし。神様から、とことん見放されてんの、あたしは。ねえ、雨が上がったわ。まだしゃべってる気？　どっか行く？」

「その辺をひとまわりして、話を聞かせてもらえるといいけどね、会合があるので、ここで降りるよ」わたしは運転席の窓越しに心付けを差し出す。「ほんの気持だけれど、二十ドル。さんざんな日の埋め合わせに」

「二十ドル？　それっぽっちじゃあ」

「不足かな？」

「二十ドルでニューヨークのでたらめさと、全能の神の怒りが帳消しになると思うなら、お客さん、見かけよりよっぽど世間離れしてるし、あたしよりもっと懐が寂しいんだわね。いいから、そっちへしまっときなさいよ」

「いくら出したら帳消しになるね？」

　彼女はちょっと考えてから、小気味よく笑って手を出す。

「お金はいくらあっても足りないからね。じゃあ、その二十ドル、もらっとくわ。取れる時に取っとかないと、何も入ってこないもの。恩に着るわ、お客さん」ホーンを鳴らして笑いながら手をふると、彼女はタクシーの運転手というより、戦車の操縦士に似つかわしい心意気で数珠《じゅず》つなぎの車の列に乗り入れる。あの勢いなら、渋滞を突っきって、アップタウンの先までだって行けないはずはない。何がどうあれ、いつかはきっと、はるか彼方を目指すことだろう。

要は姿勢の問題だ。すべては心の持ちようである。

ここにもひとり人魚がいる。

7　クリスマス

冬物語

以下の数章は、感謝祭からヴァレンタインまで、実際の季節と、わたしの心の冬にまつわる話である。冬は何かと厄介が多い。暗くて寒いところへ持ってきて、家庭内に緊張が高まり、希望と失意と信仰が、社会的な責任と経済上の必要にからまれて混沌をきたす時季である。クリスマスはそのまっただ中に当たっている。季節はずれの亡霊や妖怪がぞろぞろと現れるところは、クリスマスというより、むしろハロウィンではないかと思うことがある。

真冬に懐くあべこべな気持は自分ながらわけがわからない。ある時はひとりきりでどこかに閉じ籠もりたいと思い、またある時は大勢の人を招いて心ゆくまで派手にやりたいと思う。それのみならず、両方の希望を同時にかなえたいと考えたりもする。人間、生きている限り矛盾とは縁が切れない。わたしも、いつかは馴れて、矛盾を矛盾と感じなくなるのだろうか。

何年か前、山と溜め込んだクリスマスのデコレーションを処分した。いくつもの箱にいっぱいだったゼンマイ仕掛けの玩具や、バイエルンとオーストリアの民芸で、蠟燭の熱でゆるゆる回転する精巧な木彫り細工も含めて、何もかもである。ひとつの時代が終った。用済みのがらくたは次の世代へ引き渡せばいい。もう、わたしの家で大騒ぎしてクリスマスを祝うこともない。デコレーションは子供たちがそれぞれに地下室や屋根裏で預かった。

今年のクリスマス、わたしは思い出のあるデコレーションが無性に恋しくなって、子供たちから残らず取り返し、家中に飾って大いに楽しんだ。来年はどうなるだろうか？先のことはわからない。

真夏のクリスマス

ある年のこと、クリスマスカードがいつもより少ししか来なかった。どんより曇ってじめじめした二月のある午後、頭の奥にあって余計な情報ばかり保存している記憶装置からこの始末の悪い事実が浮かび上がってきた。どうやら、わたしは惨めな気持に何か形のある理由を求めていたらしい。それで妙なことを思い出したのだ。しかし、わたしは黙っていた。そんなことを気にするわたしではない。わたしは芯が強い。低俗な友人たちがわたしをないがしろにして、愚にもつかないクリスマスカードを寄越さなかったからといって何もふてくされることはない。友情などなくたって困らない。ああ、そうだとも。

それから半年が過ぎて八月のある暑い午後、がらくたの山を多少なりとも整理しようと、わたしは屋根裏に這い上がった。デコレーションの間に埋もれて、受け取ったまま封も切っていない去年のクリスマスカードがごっそり詰まった箱があった。閑《ひま》になったら開けるつもりで箱に放りこんだまではよかったが、毎度のことで、クリスマスはパニック状態の忙しさだった。結局、ひとまず屋根裏へ上げておいて、年が明けたらゆっくり楽しもうという「後まわし症候群」でそれきりになってしまったのだ。

わたしは箱を担ぎ下ろした。八月半ば、暑い盛りのことである。海水パンツひとつにサングラスで、アイスティをたっぷり用意してベランダのデッキチェアに腰を落ち着けると、わたしはいくらか面食らった気持でクリスマスカードの開封に取りかかった。気分を出すために、ポータブル・ステレオにクリスマス・キャロルのテープをかけてボリユームをいっぱいに上げた。メリー・クリスマス。

あるわ、あるわ。天使たち。雪景色。三博士。蠟燭に樅《もみ》の木。馬に橇《そり》。聖家族。トナカイにサンタクロース。愛と喜びと平和と善意を謳った紋切り型の挨拶。それでもまだ不足だと言わんばかりに、ちゃんとわたしのことを思い出して、来る年の幸多きことを祈ってくれた「低俗」な友人たちの手書きの文章。

わたしは泣いた。これほどの悲しみと、これほどの喜びを同時に味わうというのはめったにないことだ。どん底の悲哀と甘美な悲愴《ひそう》。憂思と郷愁。その他もろもろの想念がこみ上げて感傷過多となり、わたしはほとんど支離滅裂だった。

こういう場面にえてしてあることで、近所に住むひとりの女性がクリスマス・キャロルを聞きつけて、何事かとやってきた。手放しで泣いているわたしを見て、彼女は笑った。わたしはクリスマスカードを見せた。彼女は泣いた。そして、わたしたちは八月の午後のベランダで盛大にクリスマスを祝い、モルモン殿堂合唱団の重厚華麗な演奏に和して「オー・ホーリー・ナイト」を力いっぱい歌った。「汝ら跪《ひざまず》き、聞け、み使いたちの歌の声……」

どう言ったらいいだろう？　思うに、感動や畏敬や歓喜は常に人の頭の奥の屋根裏に埋もれている。それを呼び覚ますには、ほんのささいなきっかけで事足りる。それに、十二月だろうと、八月の暑い盛りだろうと、クリスマスは最高に素晴らしい。

筋金入りの異教徒

「キリストはユダヤ人だ」

記憶の底から父の声が聞こえてくる。神学上のマタドールをもって任じる父は、今しもわたしの母に止めを刺そうとするところだ。母はクリスマスの一戦を控えて、リビングルームの闘牛場を猛然と駆けめぐっている。

「キリストはユダヤ人だぞ、お前。クリスチャンじゃあないんだ。そもそも、十二月二十五日に生まれてなんぞいやあしない。キリストは死んだんだ。どうして帰ってくるものか。だったら、お前、そうやってごたごたしないで、静かにしてくれ」

母は堪《たま》りかねて、泣きながら部屋を飛び出していく。父はほっとして、読みさしの新聞に目を戻す。何はともあれ、この静穏が父の願いである。地には平和を求めるからは、今晩今宵、わが家のリビングルームからはじめたらいい。

ある時、父はわたしに言った。「なあ、お前。神はどうしてキリストに所帯を持たせなかったたか、わかるか？」

「磔《はりつけ》は一度でたくさんだからだ」

「ううん。どうして？」

父は、人間、この世に一度生きれば充分という異教徒である。母は何度でも生まれ変りを冀《こいねが》う南部バプティスト派の敬虔《けいけん》な信者で、こと信仰に関しては、ふたりの間に厚い煉瓦の壁が築かれ、長年にわたる宗論で、壁はますます頑丈に補強されている。

毎年、クリスマスが近づくと、父は信仰の地雷を敷設して言い立てる。「キリストはユダヤ人だぞ、お前」母は泣きじゃくり、捨て台詞を残して部屋を出る。「あなたはね、地獄で永遠に焼かれればいいのよ」

ふたりの諍《いさか》いを聞いて、わたしは、ああ、もうクリスマスだ、と思う。


ディンドン、ディンドン。

風の冷たい十二月のある暮れ方、場所はテキサス州ウェイコのスーパーマーケット、ウールワースの前である。スーツにネクタイをしてオーバーを重ね、カウボーイハットをかぶった中年の男が、赤ペンキを塗った鉄の三脚の傍らに立っている。三脚には黒い鉄のスープ鍋がかかっている。

八歳の少年が着ぶくれて男と並び、小さな真鍮《しんちゅう》のベルを鳴らしている。ベルを任されたのはこれがはじめてである。粗相があってはならないと男に強く言われて、少年は晴れがましい気持を半ば隠し、重大な責任にふさわしく厳粛な表情を装っている。ディンドン、ディンドン。

少年は、かく言うわたし、中年の男は父である。

二時間ほど前から、わたしたちは救世軍の募金活動に携わっている。

父はクリスチャンではない。少なくとも、救世軍、南部バプティスト派、それに、母の立場からすれば、クリスチャンとは言い難い。キリスト者の目には異教徒で、父はそれを誇っている。この筋金入りの異教徒が、生涯、救世軍に奉仕する気でいることに、わたしはいささか腑に落ちないものを感じていた。わたしはついぞそのわけを尋ねなかったし、父の方から話すこともなかったが、とにかく、父は毎年、決まってその場所に立った。

今では、父がよく口にした言葉に説明は尽くされていることがわかる。「口先で何を信じると言うかの話ではない。問題はただ、何をするかだ」

父の没後、わたしは叔母から、子供の頃に火事で焼け出されて家族が路頭に迷ったことを聞いた。どん底の一家を援助したのが救世軍である。家族は貧困と不運をひどく屈辱に感じて、以後、口が裂けても自分たちの境遇を語らなかった。救世軍の援助がなかったら、一家離散は避けられなかったろう、と叔母は話している。救世軍は自ら説くところを実践した。

父とわたしが毎年、社会鍋の募金活動に加わったのはこのためだった。

むずかしい話ではない。父の家は社会鍋のほどこしに救われた。だから、自分たちも人にほどこそうという心である。

筋金入りの異教徒はわたしに、篤行《とっこう》を心がけるのにクリスチャンである必要はないことを教えてくれた。

ディンドン、ディンドン、ディンドン、ディン。

ヴェトナムから来たサンタクロース

一九七九年のクリスマスを数日後に控えたある日曜の午後だった。吹きなぐりの雨が降りしきり、底冷えがして、まったく気が滅入る冬の日だ。するべきことは山ほどある上に、まるでしつこい黴のように、あとからあとから増える一方である。わたしはいらいらしていた。バイオインデックスは下降線をたどっている。ホロスコープは、運勢が弱いから慎ましく控えめに、と出ている。新聞を見れば、ドル相場の下落に死亡事故、テロ事件、と暗い話ばかりである。世の中はもうすぐ楽しいクリスマス。救いと喜びの吉報がもたらされる、年に一度のお祭りだ。ファラララ！

そんな日曜の聖なるひととき、誰かがけたたましくドアを叩いた。何だろう？　わたしは深く溜息をついて玄関へ出た。どんなに悪い知らせだろうと驚くものではない。覚悟はできていたが、ドアを開けて面食らった。安っぽいサンタクロースのマスクをした小さな男の子が、茶色い大きな紙袋を手にして立っている。「悪さか、お菓子か！」サンタクロースは紙袋を突き出して叫んだ。ん……？

「悪さか、お菓子か！」サンタク

ロースはまた叫んだ。わたしは声を失って、この珍客をしげしげと見つめるばかりだった。彼は袋をふり立てた。わたしは財布の底を探り、一ドル札を抜き取って袋に入れた。マスクが持ち上がって、アジア系の少年が十ドル相当の笑顔を覗かせた。「クリスマスの歌、うたおうか？」少年は丸暗記したような英語で言った。

ああ、思い出した。彼は去年、クエーカー教徒の世話でこの近所に越してきたボートピープル、ヴェトナム難民の子供である。ハロウィンには兄弟姉妹、総出でやってきた。みんなの袋にお菓子を入れてやった記憶がある。たしか、名前はホン・ドクと言った。年の頃、八つくらいだろうか。あの時は、バスローブをはおって頭に布巾を巻きつけ、東方の三賢者のひとりと見れば見られないでもない仮装をしていた。

「クリスマスの歌、うたおうか？」

わたしはうなずいた。どこかその辺の、生け垣の陰に難民少年八重唱団が隠れていて、リーダーの合図でいっせいに歌いだすものとばかり思っていた。「たのむよ。聖歌隊はどこかな？」

「ぼくだよ」言うなり彼は声の限りに、アップテンポで「ジングルベル」を歌いだした。それが済むと、同じく精いっぱいの声で、どうやら「天には栄え」のつもりと聞こえる一曲を歌った。最後は声を抑えて厳《おごそ》かに「きよしこの夜」だった。彼は目を閉じて顔をのけ反らせ、忍び寄る短日の薄暮のなかで、心をこめて「いーと、やーぁすく……」の二小節を歌いおさめた。

少年の歌に目頭が熱くなり、わたしは物も言えずに、今度は五ドル札を献金袋に添えた。彼はお返しにポケットから半分に折った棒キャンディを抜き取ってものものしく差し出すと、にっと十ドルの笑顔を見せ、「クリスマスおめでとう。悪さか、お菓子か！」の叫び声を残して駆け去った。

あのサンタクロースのマスクをした少年は、いったい、何者だろうか？

家ごとにクリスマスを届けて歩く一人聖歌隊、ホン・ドク……。

正直な話、わたしはクリスマスをいささか胡散臭く思っている。どうもぴんと来ない。眉唾ではないかという気がする。サンタクロースのことを聞かされて以来、どこか意識の片隅に懐疑が根を張っているのである。一頭立ての馬橇で雪の原を走る歌をいくら歌ってみたところではじまらない。わたしは橇に乗ったことは疎《おろ》か、そんなものは見たこともない。焚き火で栗を焼いたこともないし、焼けと言われても、どうしていいかわからない。それに、聞くところによれば、そんなことをしたって面白くもおかしくもなし、栗がうまいかというと、そうでもないらしい。放浪の賢者というのもいかがわしい。羊飼いたちにしたって、生涯、羊ばかりを相手にしていたわけでもないだろう。空を飛ぶ天使というのも見たことがない。処女に関しては、わたしの経験はいたって限られている。生まれたばかりの王様には関心がない。どこかの国の大統領なら、まだ話はわかる。赤ん坊やトナカイは臭い。さんざん付き合ったから、わたしはよく知っている。ベツレヘムの小さな町は紛争地域だ。

体験もなく、見たこともなく、別に望んでもいないことについて語った歌もそらぞらしい。わたしは自分の知らないホワイト・クリスマスを夢に見ない。クリスマスというのはおよそ現実からほど遠い。しかし、だがしかし……。この年齢になると、もうクリスマスを信じる気もしない。とはいいながら、この年齢では、まだまるきりそっぽを向く気にもなれない。ここまでひねくれてしまうと、世間並みにはしゃぎたいとも思わないが、かといって、無関心に徹するには俗気がありすぎる。

悪さか、お菓子か！

ドアを閉める途端に、わたしは笑いと涙がこみあげて、どうにも抑えがきかなくなった。今年もまたクリスマスが巡ってきたと思うと、何とも言えない不思議な気持に襲われた。陋屋《ろうおく》で冬籠もりしているわたしのところへ、煙突からセント・ホン・ドクが降りてきたのだ。お気づきの通り、彼はハロウィンとクリスマスを混同している。しかし、そのクリスマス精神は確固として揺るぎない。クリスマスとは、要するに、おおっぴらに羽目をはずすために万人に与えられた口実である。むずかしく考えることはない。どこで何をしていようと、ひとまず仕事の手を休め、ただ、めでたいこととしてみんなと一緒に祝えばいい。

聖歌隊はどこかな？　わたしの問いに、彼は答えた。「ぼくだよ」わたしは自分に向かって、クリスマスはどこか尋ねた。「ぼくだよ」ホン・ドクの声が耳の底に谺《こだま》した。クリスマスはわたしの心のなかのことである。わたしは天井を向いて目をつむり、勇を鼓して大声でクリスマスの歌を歌った。

神はかつて人に希望と喜びを与えるため、星の輝く夜、一人子を地上に遣わしたとされている。わたしはそれを心から信じているとは言いきれないし、そこから発して、過去二千年にわたって語り継がれたよしなしごとをそっくり信じているわけでもない。しかし、わたしはホン・ドクを信じる。「悪さか、お菓子か！」と叫びながら家ごとにクリスマスを届けて歩く一人聖歌隊、ホン・ドクを心から信じている。あの少年が誰に言われてやってきたか、何と思って出かけてきたのか、わたしは知らない。が、運命の気紛れにしてやられて、わたしは希望と喜びを歌う聖歌隊に参加した。ひとりの少年を通じて、わたしは嬉しいクリスマスに恵まれたのである。

贈り物の鉄則

贈り物の原則についてお話ししよう。もっとも、これは必ずしもわたしが打ち立てた原則ではない。ある会社のクリスマス・パーティで、見るからに気むずかしげなひとりの男が言ったことである。彼はディケンズの『クリスマス・キャロル』に登場する守銭奴、スクルージの直系の子孫で通りそうな性格の持ち主だった。オフィスに立てられたクリスマスツリーの下からささやかなプレゼントを手に取ってなかを開けると、彼は嘆かわしげに笑って、誰にともなく言った。

「つまり、何だな。贈り物は心であって、中身の問題ではない、というのは嘘だ。それは違う。わたしは母親に、いいように丸め込まれていたのだな。これまでに、立派な包装でうわべを飾ったがらくたを、ずいぶんたくさんの人からもらったよ。みんな、その場しのぎに慌てて見繕った安物、紛い物ばっかりだ。それを、真心の名に隠れて贈って寄越す。いやあ、何と言っても贈り物は中身だよ。というより、本当に真心があれば、中身だってそれなりにきちんとした物を贈ってくるはずなんだ。それが原則だよ。プレゼント交換の鉄則だ」

彼は軽少なプレゼントをゴキブリの死骸か何かのようにつまみ上げて、まっすぐゴミ箱へ向かった。

なるほど、そんなものかもしれない。なかなか手厳しい意見である。身も蓋もないという気がしないでもないが、古来、クリスマス精神はその趣意、もって単純明快である。そもそもこの習慣を創始した神は、常に最良の贈り物をするよう、ひとかたならず意を用いたとされている。キリストの聖誕を祝いに訪れた東方の三賢者は、そんじょそこらにあるような、いい加減な安物を土産に贈りはしなかった。お馴染みサンタクロースにしても、プレゼントのリストは慎重に何度も目を通すという。天使たちはいつも良い知らせを持ってくる。良い知らせといったって、半額バーゲンセールの話ではない。

実を言うと、わたしはクリスマスにぜひとも贈ってほしいものがある。四十の頃から、誰か贈ってくれないかとひそかに願い続けている。それは何かといえば、ジージーやかましい音を発して動き回り、おかしな芸当をしてみせるゼンマイ仕掛けのおもちゃである。電池で動くやつではない。こっちが時々手を貸してやらないと止まってしまうのでなくてはいけない。子供の頃よく遊んだ、あの色もけばけばしい、懐かしのブリキ玩具である。わたしはあれがほしい。誰も信じてくれないが、わたしはブリキのおもちゃがほしい。嘘ではない。

まず、これがひとつ。正直なところ、ブリキのおもちゃもいいが、まだほかに本当にほしいものがある。単純素朴な無垢の喜びである。他愛なく、夢があって、賑やかなのがいい。天使、奇跡、目を瞠《みは》る驚き、無心、魔法の力。だんだん近くなってきた。これを話すには少々努力がいる。わたしが本当に、心の底から切望するクリスマスの贈り物とは、打ち明けた話、こういうことである。

ほんの一時間だけ、五歳の子供に返りたい。笑いたいだけ笑い、泣きたいだけ泣いてみたい。もう一度だけ、かつてのように誰かの腕のなかであやされて眠り、そのままベッドに運んでもらいたい。

クリスマスに本当に何がほしいか、わたしは自分で知っている。なろうことなら、幼い頃に戻りたい。

誰もこんな贈り物はしてくれまい。せめて自分で努力して、思い出を手繰《たぐ》り寄せるしかない。まるで意味がないと思われることだろう。しかし、そもそもクリスマスとは、はじめからそんなにまともな意味のあることだったろうか？　ことの起こりは、昔々、あるところで生まれたひとりの子供である。クリスマスは今なお子供の領分であることに変りはない。人みなすべての心のなかにいる子供である。心の扉の陰で、何か素晴らしいことが起こるのを待っている、世の現実や常識に縛られない天衣無縫の、そして、何よりも愉快なことが大好きな子供である。そんな子供に靴下や鍋摑みに入った贈り物は無用だし、子供の方でもほしがってはいない。

真心があれば、中身もきちんとしたものを人に贈るはずである。これ以上に、何を言うこともない。

鉄則は真理である。

カッコウ時計

前々から、カッコウ時計がほしいと思っていた。ドイツ製の、バロック調の大きなやつである。柱廊玄関をかたどった木彫りの巧緻な細工で、一時間ごとに小さな鳥が窓から顔を出し、人生について実存主義的なことを語り告げる仕組みになっている。そこで、わたしは一番の親友にカッコウ時計を贈ることにした。この親友というのがたまたまわたしの妻で、ひとつ屋根の下で生活をともにしている。実は、これには魂胆がある。というのは、妻は原則としてわたしのクリスマスプレゼントが気に入らず、いずれはわたしのところへ返ってくることになっているからだ。わたしは考えた。どうせわたしのものになるのなら、はじめから自分のほしいものを贈ればいい。そうしておけば、やんわり突っ返されても腹が立たないどころか、これほど有難いことはない。わたしの真心は向こうに通じる。品物はこっちがいただきだ。あざといこととは承知の上である。が、これが実を取る生活の知恵というものだ。どうか、そんなことは思いもよらない、などと潔癖ぶらないでいただきたい。もっとも、何と言われようと構わない。こう見えても、伊達《だて》に年を取ってはいない。わたしにはわたしの考えがある。

それはさておき、本当は芸術品の名に価する古色蒼然としたカッコウ時計がほしかったが、こちらも何かと都合がある。と、ある店で過剰在庫の新品を特別価格で売り出した。願ってもない。わたしは飛びついた。その場では気がつかなかったが、家に帰ってよく見ると、箱に小さな字で注意書きがふたつ印刷してあった。「韓国製」と「組立簡単」である。

箱を開けると、種々様々な部品が五つのビニール袋に仕分けされていた。「高級人造木材」と銘打った、バイエルン地方の山羊飼いの小屋とおぼしきプラスチックの家や、ディズニー映画のバンビの母親によく似た鹿の頭もあった。わたしは時計を組み立てた。何と嬉しいことに、部品はひとつも余らなかった。出来上がった時計を壁にかけ、錘《おもり》を引き下げて振り子を揺らし、数歩下がって様子を見守った。時計はチクタク動きだした。これぞまさしく時計の音である。わたしにしてみれば、こんなにむずかしい仕事を無事やりおおせたのは生まれてはじめてだ。わたしの組み立てた時計が動いている！

長針が十二を指した。小屋のドアがことりと開いた。小鳥は顔を出さなかった。どこか暗い奥の方で、何やら軋《きし》るような、くぐもった音がした。「クカ、クカ、クカ」はて、どうしたことだろう？　クカが三声？　たった？　時刻は正午のはずである。

バイエルンの山中に人造木材で建てられた山羊飼いの小屋を窓から覗くと、鳥はちゃんといる。わたしはアイスピックと箸の先で鳥を前にこじり出した。何かがつかえているわけでもなさそうである。あらためて針を三時に合わせた。時計はチクタク動きだした。ピーンと弾けるような音がして、ドアが大きく開いた。鳥は出てこない。小屋の奥の暗がりで、一声「カッ」と鳴いたきり、あとは「コー」でもなければ「カー」でもない。

鳴かぬなら鳴かせてみしょう、というわけで、わたしはゴムのハンマーとコートハンガーで時計を脅しつけ、念のためによく揺さぶって壁にかけ直した。針を合わせるとドアがふわりと開いた。鳥はうんともすんとも言わなかった。

つぶさに調べてみると、小屋の床にスプリングで頸を絞められた小さな鳥の死骸が転がっていた。カッコウ時計の鳥を殺したという話はあまり聞いたことがない。わたしは、そのめったにないことをしでかしたのだ。クリスマスの朝の情景が目に浮かんだ。「ほら、カッコウ時計だよ。君に、と思って。ただ、この鳥は鳴かないんだ」

実際、その通りの成り行きで、わたしは時計を妻に贈った。そこに至るまでの経緯を話すと、妻は笑った。時計は鳥の鳴かぬまま、しばらく妻の手もとで大事にされていた。時計と鳥がわが家から姿を消してすでに久しい。その後、クリスマスは何度も巡りきては過ぎ去った。十二月に友人たちが家へ集まるたびに、わたしは時計の話をした。みんな笑う。そんな時、妻はいつも彼女一流の含み笑いをしながらわたしを見る。わたしも黙って笑い返す。妻は、この話の本当のカッコウは、小屋の床に転がっていた機械仕掛けの鳥とは別だ、と言っているのだ。ご承知の通り、英語のカッコウには「うつけ者」の意味がある。

と、まあ、そんな次第で、今にいたるまでわたしはカッコウ時計を持っていない。しかし、わたしの心に残ったものがある。あの時計の箱に書かれていたのはクリスマスの挨拶だった。「組立簡単」自分の持っている一番いいものを形にして人に贈れということだ。愛する者たちと一堂に会して喜びを新たにしようということなのだ。あのカッコウがどこでどうしているか知らないが、まずは幸せを祈るとしよう。メリー・クリスマス。

教区の牧師を辞した時、信者たちが記念に最高級のカッコウ時計を贈ってくれた。カッコウが顔を出して時刻を告げるたびに、わたしは信者たちのことを思い出した。いささか頼りないところはあるものの、まことに愛すべき人々だった。二年前の地震で、時計は壁から落ちて無惨に壊れた。修理して、何とか動くようにはなったが、以来、どうも時間が不正確で、鳥の働きも当てにならない。どこやら、今のわたしに似ているように思う。

ヴァレンタインのクリスマスツリー

はじめに、この話の背景をざっと説明しておこう。わたしは時たま、ユタ州南東部、サン・フアン郡のフォアコーナーズで冬を過ごす。あまり人のいないところで、ナバホ族の原住民とモルモン教徒の農民が人口の大半を占めている。近くに大きな国有林があるおかげで、今もクリスマス前には昔ながらに、家族総出で木を伐りに行く。

しかし、この土地にも時代の波は押し寄せて、伐ることのできる樅や松の木はだんだん小さくなり、数も減っている。世界の人口増加にくらべて、樹木の生長は遅い。加えて、このような僻地《へきち》でさえも、人間が環境におよぼす影響を憂う意識は高く、当今、クリスマスだからといってやたらに木を伐ることは許されない。古い昔を懐かしむ気持と、将来への不安が同居して、地元の人々はクリスマスツリーをささやかな鉢植えの木や、造り物で間に合わせるようになってきた。やむを得ないこととは知りながら、ちょっと寂しい気がする。家のなかに本式のクリスマスツリーがなくては、どうしたって物足りない。

十二月の末、冬日の午後を楽しむ狙いで、遠く人里離れたあたりまで足を伸ばした。一帯は蓬《よもぎ》と低木ばかりの痩せた高地だが、赤茶けた砂岩層を深くえぐって入り組んだ峡谷には、今もこんもりとした松林が点在している。かつて谷川の流量が豊かだった時代、この土地の景観を支配していた原生林の名残を留める常緑の繁みである。河床を遡って、わたしははっと目を疑った。少し先に、盛大に飾りつけをしたクリスマスツリーが立っている。

本物だった。高さ四メートルほどの松の木で、節くれだってよじれた幹は、かれこれ二百年にわたってその生命を掻き抱いているはずの岩石層を穿《うが》って生い出でた苦闘の跡を物語っている。ポップコーンとクランベリーの数珠が絡む枝から、干した果物や、クッキーや、木の実が隙間なく下がり、てっぺんには、小さな天使をあしらった銀の星が光っていた。

かくも立派なクリスマスツリーは見たことがない。

誰がこれだけのことをしたのだろうか？　地面に二組の足跡があった。大きさから言って、大人と子供に違いない。どこかの親子が遠路はるばるやってきて、森の鳥や、小さな生き物たちが好む餌で丁寧に松の木を飾ったのだ。それ以上に、そもそも、こういうことを発想する心根が素晴らしい。品物を取りそろえ、輸送計画を立て、実際に現地で飾りつけをして、と親子はさぞかし充実した時間を楽しんだことだろう。おまけに、今は最高のクリスマスツリーが思い出に残っている。なおいいことに、松の木はこの先も枯れることがない。

二月に入って間もなく、わたしは陽光と孤独を求めて同じ場所を訪ねた。松の木がどうなったかも見届けたかった。ところが、なかなか見つからない。それというのは、親子が立ち戻ってデコレーションをきれいに撤去したからだ。泥んこの地面の新しい足跡は、どうやら、十二月に雪の上に見た靴跡と同じだった。天使の星はもちろん、デコレーションは影も形もなかった。どうやって松の木を飾り、また、どうやって飾りつけをはずしたのだろうか？　梯子をかけたのだろうか？　いや、子供が親の肩に乗って作業したに違いない。

わたしは大いに感服した。クリスマスツリーの悩みも解消した。わたしはその場で自分の松の木を決め、腹の内で小さな共犯者ふたりを選んだ。これからは、毎年十二月二十一日にここへきて松の木を飾りつけ、二月十四日に片付けに来るとしよう。

もっとたくさんの人々が冬の最中に常磐木《ときわぎ》の群落を巡礼して、丁寧に飾りつけをしたら、十二月の森はどんな景色になるだろうか。二月には飾りつけを撤去して森を自然の美しさに戻すようにしたら、次代を担う子供たちはどう思うだろうか？

先に述べた通り、これはヴァレンタインの話である。自分や家族、隣近所を大事にするだけでなく、命をいつくしみ、世界を愛する心得である。世界をみんなのリビングルームと見る考え方と言ってもいい。

8 自由な心

ささやかなお返し

　玄関でドアを叩く音がした。けたたましく、せっつくような、執拗な叩き方だった。ただごとではない。ダダダ、ダダダ、ダダダ、ダッ……。わたしは玄関へ走り、血管にアドレナリンを送り込みながら、最悪の事態を覚悟してドアを開けた。お、お、これは？

　となりの小さな男の子がきょとんとした顔で、何やらへたくそな字で書きつけたよれよれの紙切れを突き出した。「ぼくはドニーです。落葉掻きをします。一ヶ所、一ドル。ぼくは耳が聞こえません。書いてくれれば字は読めます。仕事はていねいです」

（わたしの家の裏手には、かなり樹齢を経た見事なカエデの林がある。季節には、スパンコールで豪華に飾り立てたような紅葉が素晴らしい。やがて秋も深まると、スパンコールは散り果てる。ところが、庭は建物に遮られてあまり風がない。散り敷いた落葉は幹の根方にうずたかく積もり、貴婦人が今しがた冬の夜の湯浴みに立とうと脱ぎ捨てたままのドレッシングガウンといった風情《ふぜい》である。

わたしはこの景色が大好きだ。実にいい。が、わたしの妻は違う。園芸雑誌もこれを認めない。落葉は掻かなくてはいけない。大原則である。落葉は芝生の害になる。落葉は見苦しい。落葉は湿気のもとである。しかし、誰が何と言おうと、わたしは落葉が好きだ。教師をしていた頃、教室の床に踝《くるぶし》が埋まるほど落葉を敷きつめたことがある。落葉には、ちゃんとそれなりの意味がある。刈りととのえた芝生には何の意味もない、とわたしは言う。

妻は、そうは思っていない。口には出さないが、落葉掻きをしないわたしの怠惰を責める心のうちは知れている。毎年のことである。そこで、今年は話し合い、科学的な解決を試みることで歩み寄った。庭を半分に分けて、片方はきちんと落葉を掻き、もう片方は自然に任せることにしたのである。夏が来れば、どっちの言い分が正しいかはっきりするはずだ。というわけで、妻の管轄の半分はきれいに落葉掻きが済んでいる。わたしの方は放ったらかしである。)

濃霧のなかを計器飛行するパイロットのように真剣な眼差しで、少年はじっとわたしの返事を待っている。あらかじめ庭を覗いて、落葉が溜まっていると調べはついている。どのみち、近所中で落葉を溜めっぱなしにしているのはわたしのところだけである。労賃が妥当であることも彼は知っている。しかつめらしく紙と鉛筆を差し出して、彼は返事を催促した。裏庭で進められている科学的実験の重要性を、この少年にどう説明したらよかろうか？

（今そこに木が生えているのは、落葉のおかげだと言えば言える。地上を緑で覆うために、かつて何億兆という種子が雲霞《うんか》のごとくに舞い降りた。その後、地面に散り敷いた落葉が種子を守り、温め、栄養を与えて、順繰りに次の世代を育てたのである。石混じりの土壌や、腐敗菌、黴、バクテリア、鳥、リス、虫、そして人間が、寄ってたかって種子の発芽を邪魔したが、一部の種子は生き延びた。強靭な生命力もさることながら、何としても生きようとする強固な意志を捨てなかったからである。ものみな息を潜める暗黒の冬を耐え忍び、やがて、種子は芽を出し、根を下ろす。こうして、樹木の世界では新しい世代の絶えることがない。人類の記憶をはるかに超える遠い過去から繰り返されてきた自然の営みである。現代の文明人はこの営みを妨げて、自分の首を絞める危険を冒している。由々しいことと言わなくてはならない。）

「ぼくはドニーです。落葉掻きをします。一ヶ所、一ドル。ぼくは耳が聞こえません。書いてくれれば字は読めます。仕事はていねいです」彼は紙と鉛筆を差し出して、我慢強くわたしの決断を待っている。その顔には希望と善意があふれている。

ほんの些細なことが、時として人の存在理由を問いつめる。この少年が、耳が不自由でなかったら、わたしはどうするだろうか？　ここでわたしが断ったら、彼はどうなるだろうか？　仕事を頼むと言ったら？　わたしが首を縦にふることと、横にふることと、いったい、何ほどの違いがあるだろうか？　わたしたちはそれぞれの理由から、しばらく無言で向き合った。少年が踵《きびす》を返しかけるのと、わたしが紙と鉛筆に手を伸ばすのが同時だった。わたしは力を入れて大きく書いた。「ようし、わかった。落葉搔きをしてもらおう」商売熱心な少年はものものしくうなずいた。

わたしは念を押した。「落葉は濡れているけれど、いいのかな？」

「だいじょうぶ」彼は書いて答えた。

「熊手はあるの？」

「ありません」

「うちの庭は広いよ。落葉がいっぱいだよ」

「わかってます」

「二ドル出そう」

少年はにやりと笑って書いた。「三ドルでは？」

わたしは笑ってうなずいた。

話が決まって、わたしは彼に熊手を貸し与えた。はや黄昏れる十一月の薄暮の庭で、落葉搔きの少年ドニーは黙々と仕事にかかった。わたしは暗い部屋の窓越しに彼のすることを見守った。彼はいっさい音のない世界に生きているのだろうか？　それとも、両手で耳を覆った時の、あの水底にいるような音だけは聞こえているのだろうか？

彼は指示通り、ていねいに落葉を搔き集めて一ヶ所に山を作った。（何を隠そう、わたしはドニーが引き揚げるのを待って、もと通り、落葉を庭中に散らかすつもりである。これについては、そう簡単には譲れない。）彼は搔き残した落葉を一枚一枚拾って歩いた。彼もまた、仕事に関しては妥協を知らなかった。落葉を掻くというからには、ひとひらたりともゆるがせにはできない。

やがて、もう日が暮れたから今日はこれまで、と手真似で伝えて、彼は仕事を中途で切り上げた。労賃は前払いである。明日また来るかどうか疑わしいものだ、とわたしは思った。この歳になると、とかく根性がねじけてくる。どうも疑り深くなっていけない。

翌朝、ドニーは早々とやってきて、前の日に掃除したところに後から落葉が散っていないかどうか見回った。彼は自分の仕事に誇りをもっている。きれいになった庭を眺め渡して満足らしかった。この日、彼は美しく黄葉した落葉数片と、ヘリコプターのように翼のついた種子ひと握りを拾ってスウェットシャツのポケットに入れた。

ダダダ、ダダダ、ダダダ、ダッ……！　彼はけたたましくドアを叩いて、仕事が済んだことを伝えた。わたしは遠ざかる彼の背中を見送った。歩きながら、彼はカエデの種子のヘリコプターをひとつずつ宙に飛ばした。自然へのささやかなお返しだった。わたしは胸のうちで笑ってうなずいた。ささやかながらも、自然にお返しをする少年の心根が嬉しかった。

わたしは翌日を待って、彼の掻き集めた落葉をそっくり、裏手の土手下の堆肥場に捨てることにした。こっそり片付けてしまえばいい。落葉と種子は、今年はそこで我慢してもらわなくてはならない。少年の仕事を形なしにするのは忍びなかった。わたしの科学的実験も、人間の心にかかわることとなれば場所を譲らなくてはなるまい。落葉は何も言わない。種子は運命に逆らわない。わたしも、時にはこだわりを捨てて、何かと不完全ながら、自然界の一員としてしたたかに生き延びている同族たちと折り合いをつけなくてはならない。

頑張れ、ドニー。どうか、これからも元気でやってもらいたい。

あちこちで、よくドニーのことを訊かれる。その後の消息に関心を寄せる読者は少なくない。元気にしているだろうか？

彼のプライバシーを尊重して、ここではただ、ドニーは頑張っていると言うに止めておこう。大学で園芸学を専攻したドニーは、結婚して種苗《しゆびよう》の卸売業を営み、もっぱら植木を扱っている。

塞ぎの虫の特効薬

懇意にしているある女性から電話をもらった。陰鬱な真冬の気候に参って、彼女はすっかり塞ぎの虫に取り憑かれていた。おまけに、九月のはじめにこじらせた風邪がまだ抜けずにぐずぐずしているという。

「でも」彼女はかすれた声で言った。「あなたは気が滅入るなんてこと、ぜんぜんないでしょう」

「どういたしまして」わたしは答えた。「しょっちゅう落ち込んでいるよ。どん底まで落ち込んだ時は、消防用の機械梯子でも持ってこなきゃあ這い上がれないくらいだ」

「そういう時、あなたはどうするの？」彼女は尋ねた。「だから、具体的に、どうやってあなたはそこから抜け出すの？」

こんなふうにずばりと訊かれたのははじめてだった。たいていは、どうしたらいいと思うか、という相談である。

わたしの場合、塞ぎの虫の特効薬は、信仰でもなければ、ヨガでもない。ラム酒でも、昼寝でもない。ベートーヴェンである。ルートヴィヒ・ヴァン・ベートーヴェン。ベートーヴェンこそはわたしの最後の切り札だ。『第九』のレコードをかけ、ヘッドフォンをしっかり耳にあてがって床に横たわる。天地創造第一日目といった雰囲気で曲がはじまる。

聞きながら、わたしはベートーヴェンのことを考える。苦悩と悲運を知り尽くした人間である。ベートーヴェンは安住の場を捜し求めて模索の生涯を送った。愛は実らず、友人とはことごとに衝突した。甥の後見人として心労の絶える暇はなかった。ベートーヴェンは弟の息子であるこの出来の悪い甥を本当に大事にした。ベートーヴェンはピアニストとして聴衆の前で弾くことを望んでいたし、歌手として立つことも考えた。ところが、若くして難聴に冒されたのである。音楽家にとっては致命的な障害だ。四十八歳を迎えた一八一八年には、ベートーヴェンの耳は完全に聞こえなくなっていた。それを思うと、五年後にこの『第九』を書き上げたことはただただ驚嘆のほかはない。これだけの曲を書いておきながら、ベートーヴェンは一度として演奏された『第九』を聞いていない。その響きを心に思い浮かべただけである。考えてもみるがいい。

ヘッドフォンをかけて床に寝そべったわたしの頭のなかで鳴り響いているこの曲は、ベートーヴェンの心の耳にどう聞こえていたろうか。曲が大きくクレッシェンドすると、わたしの胸はなす術《すべ》もなくふるえだす。ティンパニが雷鳴のごとくに轟きわたる頃には、もう寝そべってなどいられない。わたしは立ち上がり、大合唱と一緒になって怪しげなドイツ語で声の限りに歌いまくる。感動の終章、幻の巨匠フルガモフスキーは激しく床を踏み鳴らし、どしんばたんと飛び跳ねて、渾身のタクトをふるう。やがてこの世の終りが訪れ、神は万軍の天使を率いて顕現したもう。歓び喜べ！　バーン、パラッパッパッパッバーン!!

舞い立つような歓喜。圧倒的な感動。わたしはすっかり興奮して、身内からもりもり力が湧いてくる。生きてこそあれ、だ。究極の悲嘆と苦悩、失意と焦燥、そして、底知れず限りない沈黙から、この歓喜と高揚にあふれる荘厳な曲は生まれた。ベートーヴェンは喜びの心をもって運命に立ち向かったのだ。

その強靭な精神といい、高雅な曲想といい、魂を揺さぶられずにはいられない。ベートーヴェンの『第九』を聞いてはもう、冬の寒さに縮こまり、指をくわえて自己憐憫にひたっているわけにはいかない。この曲は塞ぎの虫を吹き飛ばすだけでなく、風邪なども、たぶん、これでいっぺんに治ってしまう。

だったら、冬は寒いの、雨が冷たいの、請求書や税金が煩わしいのとぐずぐず言うことはないではないか。挫折や、混迷や、欲求不満をかこって何になろう？　何をやってもうまくいかず、人間は信用できず、人生に夢も希望もないなどと、いったい、どこを押したらそんな言葉がでてくるだろうか？　さあ、しゃんとして、元気を出そうか。

あくせくと日々の暮しに追われて気持が萎えた時、わたしはベートーヴェンの音楽に限りない希望を見出し、強く勇気づけられる。どんよりと雲が垂れ込めた冬の最中にも、わたしの心にはかっと真夏の太陽が照りつける。いつか、天からお金が降ってきてわたしが大富豪になったら、十二月のある日、コンサートホールを借り切って一流のオーケストラと合唱団を雇い、指揮台に立って『第九』の棒をふろうと思う。ついでにティンパニも受け持って、輝ける最終楽章をありったけの声で歌いながら叩き通すことにしよう。曲が終って訪れる厳かな静寂のなかで、わたしはルートヴィヒ・ヴァン・ベートーヴェンと『第九』、そして、ベートーヴェンが掲げた希望の光を、世界中の人々とともに誉め讃えよう。

これに優るものはない。生きてこそあれ。

犬が星見る夢がかなって、わたしはミネアポリス・チェインバー・オーケストラの演奏で、永遠の名曲『歓喜の歌』を指揮した。型破りな運命の女神がいたずら心を起こすと、時に突拍子もない夢も実現する。期待をはるかに上まわる、至福の体験だった。ここで詳しく語る余裕はないが、この望外の幸せについては、拙著 *Maybe, Maybe Not* に述べてある。

雌鶏クラッキー・ラッキー

「地殻変動阻止」サンフランシスコのケーブルカー、パウェル・ストリート線を待つ行列で、隣り合わせた男のTシャツにこのスローガンが染め抜いてあった。旅行者と見えて、便宜上、やむなく不似合いないシャツを着ているらしい。奥さんのシャツは、支援の要請である。「こんにちは。ウィスコンシンから来た馬鹿者です。助けてください」これは理解できる。しかし、亭主の地殻変動阻止運動はピントがはずれている。

「ほう」わたしは言った。「変ったシャツですね」

ウィスコンシンから西へ向かう途中の景色を材料に、彼は子供たちにあれこれ話した。ところが、地殻変動の理論を子供たちは何としても受けつけなかった。盤石の大陸が溶岩の上に浮かび、構造プレートが合衆国を押し上げて、火山活動や、地震や、褶曲《しゅうきょく》の原因になるなんて、考えられない。子供たちのあからさまな嘲笑を浴びて、父親は口を閉ざすしかなかった。

リノの俗っぽい土産物店で、奥さんがTシャツを見つけ、彼は悔悛のしるしにこれを着ることにした。子供たちの抜き難い疑念は決定的な対立を生み、断絶の溝はどうにも埋まりようがなかった。子供たちはもともと、何であれ、父親の言うことは半信半疑である。

わたしたちは男同士、科学と、父親の立場について話し合い、体験の裏付けがない知識を知ったかぶりで受け売りしなくてはならない大人の辛さで意気投合した。人生の過程には、何やかやと奥深い神秘が待ち受けている。一応の理屈はわかっていても、本当にその通りかどうか、あやふやなことは数えだしたら切りがない。

まず手はじめに、子供がどうやって生まれてくるのか聞かされる。幼い頭では信じられない。まさか。

同様に、地球はいつか太陽の表面に落下する、と言われても、とうてい本当とは思えない。

代数は教室外の現実世界でも役に立つ、というのはどうだろう？　んー。氷河時代などは、こけおどしのでっち上げに違いない。北アメリカの半分が氷河に覆われる？　ウィスコンシンが千フィートの氷に埋まるだって？　嘘ばっかり！

右脳左脳理論も人を煙《けむ》に巻く珍説だ。頭の半分が言葉をつかさどって、もう半分が音楽の領域だ？　冗談でしょう。かと思えば、宇宙のブラックホールだの、やれクエーサーだの、クォークだのと、わけのわからないことだらけだ。

いかさま、人は時代の動きを追って最新の科学理論に触れ、何でも知った気でいるかもしれないが、あらかたは、鬼面人を嚇すことに執念を燃やす科学者の夢から湧いて出た奇想だと、心のどこかで割りきっているはずである。

わたし自身について言えば、え、そんな、と思うような情報も、よく考えると筋が通っている。先に引いた最新の科学知識を突き合わせてみれば、わたしの大脳半球は左右に離断して、真ん中に代数クォークによるブラックホールが生じているに違いない。これは疑いのないところだ。

いろいろあるなかで、とりわけ怪しげなのは、鳥類は恐竜だとする説である。鳥はジュラ紀の密林で全盛を誇った恐竜の直系の子孫であるという。いや、笑ってはいけない。現に羽根の生えた恐竜の化石が発見されている。それどころか、わたしはこの仮説の生きた証拠とも言える鶏を知っている。カリフォルニア州サン・ルイス・オビスポにいる肉食の雌鶏、クラッキー・ラッキーである。

ある年のイースターに、誰かが人に贈ったヒヨコが逃げ出して、さすらいの果てに、ペットに目がない一家の裏庭に迷い込んだ。この夫婦が、たまたまわたしの友人の、そのまた友人だった。家族はヒヨコをクラッキー・ラッキーと名づけて可愛がった。さすらいのヒヨコは、やがて、ロードアイランド種の見事な雌鶏に成長した。明日をも知れぬ身の上だったことを思えば、幸せを感謝しなくてはならない。

ところが、すっかり大人になったクラッキー・ラッキーは、この種類にしては異例の図体で町内を闊歩し、ここやかしこの飼い猫を威《おど》しては餌を横取りした。犬を襲い、人間とても、癇に障れば躍りかかった。そのうちに、クラッキー・ラッキーはいやな臭いのする卵を産み、見るからに泥酔状態で帰宅するようになった。相談を受けた獣医が調査した結果、よそで盗み食うキャット・フードは鶏肉が主体で、おまけにクラッキー・ラッキーは、ナメクジ退治に排水溝の溜めに張ったビールを飲んでいることがわかった。何と、クラッキー・ラッキーは共食いをするアル中の鶏になったのだ。

わたしはこの雌鶏の写真を見たことがある。鱗状の脚に恐ろしげな鉤爪が伸び、黒い嘴《くちばし》はまるで鋭利な刃物である。金色の目は炯々《けいけい》として、太古の獣性を窺わせる。この鶏を水牛ほどに拡大すれば、まさに恐竜そのものではないか。

これは論理にもかなっている。鳥類が恐竜で、鶏が鳥類ならば、すなわち、鶏は恐竜である。BがDであり、CがBである時、CはDである。この通り、なるほど代数は役に立つ。

ケーブルカーに揺られながら、わたしは旅の家族にこの話をした。別れしなに、奥さんが亭主に言うのが耳をかすめた。「馬鹿な人は、ウィスコンシンに限ったわけでもないようね」奥さん、どうぞご心配なく。わたしはわたしで知っていることがある。これからは、鶏に背中を見せないようにしよう。

有効期限

「失効通知。あなたの市民権は期限が切れました」

何だって？　そう、市民権の有効期限だ。当然ではないか。何ごとによらず、有効期限を設けるというのは理にかなっている。公職にある者が、その地位に長くいすぎると汚職を働くようになるとしたら、「市民」という行政職に携わっているわれわれ一般庶民についても同じことが言えるのではなかろうか。少なくとも、市民を含めてすべての現職者に厳しい標準を課すことが望ましい。

十二年ごとに市民権が切れるとしたらどうだろう。市民の資格を更新するには経歴審査を受けなくてはならない。人はとかく、ただこの世に生まれてきたというだけで無条件に資格を与えられていることを忘れがちだが、今度はそうはいかない。

審査の結果は合格か、失格か、ふたつにひとつである。

とりあえず、アメリカ市民になることを希望する外国人に適用されている審査基準を拝借することにしよう。今、これを書いている二〇〇三年のはじめに基準は現行以上に厳しく改正されるが、要は基礎能力の試験であることに変りはない。

まず第一に問われるのが英語力である。市民権を更新するには、英語の読み書きと会話ができて、かつ、この言葉を正しく理解していなくてはならない。

ここで早くも大勢が躓《つまず》くのではないだろうか。

最近の写真も必要だ。わたしの友人知人は、ほとんどが醜く年を取って、仏頂面をしている。容貌に審査の重点が置かれるとしたら、みんな撥ねられるに違いない。

いや、こう言ってはいかにも愛想がなくて意地悪にすぎるかもしれないが、そこは言葉の文《あや》とご理解いただけるものと思う。ただ、わたしは妻の親類が市民権を取得した際に何かと手伝った経緯があって、以下の少々ひねくれた設問は、ほとんどが公式の資格審査に用意されているものであることをお断りしておく。

身体検査もある。結核、ＨＩＶ、性病感染者、および、精神病者は市民権の更新を認められない。

審査には費用がかかる。申請費、弁護士や公証人の手数料、医師の診察料などである。財政援助を頼める保証人も立てなくてはならない。支払い義務を怠った場合、政府は誰かの銀行口座から不足分を補塡《ほてん》する魂胆だ。ことほどさように、アメリカはもはや疲れきった貧しい吹き溜まり集団に門戸を開く状態ではない。

次は「追加適性審査項目」である。

コミュニストを名乗ったことがありますか？　ナチス、あるいは、テロ集団に荷担したことがありますか？　人種、宗教、国籍、政治思想を理由に人を迫害したことがありますか？　税金を滞納したことがありますか？　飲酒の習慣がありますか？　違法な賭博を擁護し、または、これに手を染めたことがありますか？　前科がありますか？　どれかひとつでも答が「はい」なら市民の資格はない。審査は厳正である。

ここまで来たら、今度は入国帰化局で筆記試験と面接を受け、アメリカの歴史、国家原則、政治形態について実際的な知識を披瀝しなくてはならない。わたし自身、試験を受けたことはないが、問題はあらかた想像がつく。

資本主義について述べなさい。民主党と共和党の違いを述べなさい。自由主義と保守主義をそれぞれ定義しなさい。ベッツィ・ロスが最初にアメリカ国旗を製作したというのは事実ですか？「アメリカ――愛なくば去れ」と提唱したのは誰ですか？　権利典章に定められた権利について述べなさい。それらは誰の権利ですか？　憲法に責任典章の規定はありますか？

このほかに、現在の世界情勢、地方と国の問題、経済情勢に関する質問があり、自分の立場を、州政府と連邦政府で誰が代表しているか尋ねられる。いやはや、大事《おおごと》だ。ハイスクールで六週間、公民の授業を受けなくては、まずほとんどが落第だろう。

最後に、裁判所で国家に忠誠を誓わなくてはならない。アメリカ合衆国憲法と国是を支持し、あらゆる敵から国家を守る意思を明かすのである。召集されれば戦い、共通の利益に奉仕することが市民の務めであって、兵役を志願する者だけでなく、全員が義務を課せられる。

何だって？　民主国家の市民は自分の意思で行動を選べるはずではなかったか？　アメリカは自由の国ではないのか？　おあいにくさま。わたしの知っているアメリカ人の半数は市民の資格を失うのではないかと恐れずにはいられない。

審査に不合格なだけでなく、なかには四年ごとに大統領と副大統領の選挙人を選ぶ国民選挙日、十一月第二火曜日の直前に憤懣や怨嗟の声を上げ、八つ当たりに怒鳴り散らす以外、もう長いこと選挙で投票していない怠け者がいる。

ところが、忠誠を誓う段になると、大半のアメリカ人が全能の神に向かって、この国を駄目にしているのは政治を預かっている鈍で下劣な、二枚舌の愚物《ぐぶつ》どもだ、と訴えるに違いない。

不平不満の大合唱である。「有効期限？　そうだそうだ！　ごろつきめらを放り出せ！」

だがしかし、そのごろつきどもを議会へ送り込んだわたしたち自身は、多少とも彼らよりましだろうか？　そこを見極めよう、とわたしは言いたい。

それには、選挙で選ばれると否とにかかわらず、公職と一般の別なく、市民すべてに厳しい標準を課すことだ。

十二年ごとに国政に参与する特権が期限切れになるとしたらどうだろう。人は経歴書を添えて市民権の書き替えを申請し、審査の後、適性の判定を受けて、手数料を払う。試験に合格すれば市民免許証が交付される。免許証には、赤い大きなスタンプが押してある。「USE IT OR LOSE IT」権利を行使するか、さもなくば、放棄するか、という意味である。

不幸にして試験に落ちた場合は、特別のお情けで学校へ戻され、歴史と、法律と、市民の責任の再教育を受ける。その後、二度まで試験の機会が与えられることとする。ただし、最後の原則を忘れてはならない。三振すればアウトである。

二〇〇四年の同期会

　これだけは絶対に止そうと堅く心に決めていたにもかかわらず、テキサスの片田舎のハイスクールを出てから三十年ぶりの同期会に出席した。〝あいつら〟とは卒業式の夜以来である。会場を見わたす途端に、わたしの最悪の懸念は現実となった。禿頭。白髪。二重顎。皺。太鼓腹。肝斑。傍目には滑稽かもしれないが、笑いごとではない。

　年取ったな、とわたしは思った。みんな年取った。光陰矢のごとし。あとは下り坂を転げ落ちていくだけだ。活力は衰え、物忘れはひどくなり、あちこちが故障して、櫛の歯が欠けるように、順にあの世ゆきである。そういう自分もだいぶ草臥《くたび》れている。歩くのが億劫《おっくう》になったし、最近は目立って足を引きずるようになっている。遺言のこともぼちぼち考えはじめた。葬式の段取りについて、あれこれ心づもりもある。

　しかし、そんなわたしの憂鬱も、三十秒とは続かなかった。夏のはじめにオレゴン州バーンズのトラック・ストップで出逢ったふたり連れを思い出して、たちまち目の前がぱっと明るくなったからである。

六十八歳のフレッド・イースター氏とその親友、ルロイ・ヒル氏、六十二歳。ふたりはカリフォルニアのピスモ・ビーチから自転車で、カナダはアルバータ州カルガリーまでロデオ見物に出かける途中だった。海辺のベンチで新聞を読んでいるうちに、ロデオの記事が目に止まり、どちらからともなく「行こう！」と相談がまとまって、その足で出発したという。バーンズで会ったふたりは、思いきり派手なライディングスーツに身を固め、ハイテク装備の自転車に跨《またが》って意気揚々としていた。どうしてまた、と尋ねると、イースター氏はからからと笑った。「どうしてもこうしてもないやね。行こうか、ああ、行こう、というだけの話さ。それで、こうやって走っているんだあな」

ロデオ見物の後、ふたりはロッキー山脈沿いにコロラドからアリゾナのグランド・キャニオンへまわり、五千八百マイルを走破して、十月に戻る予定だった。もちろん、途中でまた何か面白いことがあれば帰りがいつになろうと、そんなことは一向に構わない。レースではないのだから。

わたしは自分まで元気もりもりと若返ったような、晴れやかな気持でふたりと別れた。そして、この先どれだけ生きられるかは知らないが、生涯のうちにやりたいこと、行ってみたい場所、体験するであろうことどもを頭のなかで数え上げた。引退？　まだまだ。死ぬ？　とんでもない。

これを書いている今、あの日からかれこれ二十年である。フレッド・イースター氏とルロイ・ヒル氏のことは忘れられない。ふたりの方でも、この二十年にわたしがしてきたことを知ったら、まあ上等と認めてくれると思う。月日の経つのがますます速くなるなかで、二〇〇四年、ハイスクール卒業五十周年の同期会がぼやけた標識のように近づいてきた。わたしは出席するだろうか？　たぶん、行かないと思う。だったら、どこで何をしているだろうか？　そういえば、カルガリーのロデオはまだ見たことがない……。これで決まりだ。

9　生と死のバランス

フルガムの交換法則

大英博物館に、紀元前三八〇〇年頃のバビロニアの粘土板がある。税収を算定するために行われた国勢調査の記録である。古代エジプトやローマでも国勢調査は実施されている。イギリスにも、一〇八五年に征服王ウィリアム一世の命によって編纂《へんさん》された有名な国勢調査記録『ドゥームズデイ・ブック』がある。人間がどれだけいるかを知る必要は古くから認識されていた。

アメリカでは、国勢調査の歴史は一七九〇年にさかのぼる。人口を調べると、いろいろと面白いことが見えてくる。特に、最近ではコンピュータの未来予測技術が発達して、興味深いデータが得られるようになっている。例えば、こんなことがある。世界の人口が今のままの割合でどこまでも増え続けると、西暦三五三〇年には人類の肉体と血液の総質量が地球の質量と同じになる。六八二六年には、それが現在知られている宇宙の全質量に匹敵するまでになる。

気が遠くなるような話ではないか。地球は人間でいっぱいだ。

あるいは、こんなのはどうだろう。ジュリアス・シーザーの時代、世界の総人口は一億五千万だった。現在、世界の人口は二年に一億五千万の割で増加している。

もう少し近いところで話をすると、今この文章を一読する間に、世界では約五百人の人が死に、六百八十人が新たに生まれる計算だ。ざっと二分間の人口動態である。

統計学者の算定によれば、現在までに地球上に生まれた人間の数は約七百億であるという。今後、どれだけの人間が生まれるかは知らないが、これまた相当の数だろう。さて、ここが統計の統計たる所以《ゆえん》で、両親の性細胞の組み合わせから生じる可能性を考えると、かつて地球上に生きた何百億という人間の誰ひとりを取ってみても、同じ人間はほかにいず、この先、何百億の人間が生まれようとも、同じ人間が現れることはあり得ない。

言い換えれば、かつて地球上に生きた人間と、これから生まれてくるであろう人間を残らず一列に並べて、端から端までつぶさに観察してみても、自分とそっくり同じ人間はただのひとりもいないということだ。

いや、それだけではない。

その人間の列と向かい合わせに、かつて地球上に棲息したすべての生き物と、これから生まれてくるであろう生き物を残らず並べてみると、人間の列はどの顔も、向かいの列のどんな生き物よりも自分自身に近いことがわかるはずである。

最後にもうひとつ。フランスの高名な犯罪学者、エミール・ロカールが今から七十年前に「ロカールの交換法則」ということを提唱した。人間はひとつの部屋を通過する時、必ずそれとは知らずに何かを残し、代りに何かを取っていく事実を述べたもので、現代の科学技術によってこの法則は正しいことが証明されている。雲脂《ふけ》や抜け毛、指紋などから足がつくのはそのためだ。

これを敷衍《ふえん》して導き出されるのが「フルガムの交換法則」である。人間は生涯を通じて、必ずそれとは知らずに何かを社会に残し、代りに何かを取っていく。その「何か」は、まずほとんどが目に見えず、世間の噂に上らず、科学的に鑑識されて番号をふられることもない。人間同士がそれとは知らずに互いの意識に残し合うもの。これを名づけて記憶と言う。記憶は国勢調査の対象外である。だが、記憶がなかったら、人間社会は成り立たない。

ハイホ・ラマの生まれ変り

エライアス・シュウォーツは靴直しの職人である。背は低く、腹が出て、頭の禿げた中年で独身のユダヤ人である。「昔気質の靴屋風情で……」と彼は言う。実際、それ以外の何ものでもない。しかし、わたしは密かに、彼はハイホ・ラマの生まれ変りに違いないと確信している。

ご承知かもしれないが、ハイホ・ラマは一九三七年に死去した。以来、ラマ教サキャ派の僧侶たちは四十年余の長きにわたってハイホ・ラマの生まれ変りを捜し求めているが、今に至るまで巡り逢えぬままである。先年の夏に〈ニューヨーク・タイムズ〉がこのことを報じた。同紙の記事によれば、ラマは平凡な市井の暮しに埋没して、およそ飾り気のない、それでいて一風変った賢明な言動を示し、自身、何故ともわきまえずに神の意志を行うことからその正体が知れるという。なるほど、そんな人物がもしいるものなら、会って損はない。

わたしは会った。何がどこでどう間違ったのか、宇宙の操車場でちょっと普通では考えられないような事故が起きて、ハイホ・ラマはエライアス・シュウォーツの姿に生まれ変った。そうに違いない、とわたしは思っている。

そもそものきっかけは、履き古したローファーを修理に持ち込んだことである。わたしは何から何まですっかり新品同様にしてほしい、と厄介な注文をつけた。エライアス・シュウォーツはわたしの靴を仔細にあらためると、いかにも気の毒そうに、これはもう直しても無駄だと言った。残念だが、職人にそう言われてしまってはやむを得ない。と、彼はわたしの靴を持って仕事場の奥へ姿を消した。わたしはぽかんとその場に突っ立っているしかなかった。ほどなく、彼はわたしの靴を紙袋に入れて戻ってきた。袋の口はホッチキスで止めてあった。持ち歩きに便利なようにしてくれたのだ、とわたしは思った。

夕方、家に帰って袋を開けると、贈り物二つと一枚の紙切れが入っていた。左右の靴に蠟紙に包んだチョコレート・チップ・クッキーがひとつずつ。そして、紙切れには走り書きがしてあった。「価値がなければ努力の甲斐もないのです。悪しからず。エライアス・シュウォーツ」

ハイホ・ラマは時折こんなふうにちらりと素顔をのぞかせる。

僧侶たちはこの先もラマを捜し続けなくてはならない。

何故なら、わたしは黙っているからだ。現代の社会はハイホ・ラマが何人いても困らない。

エンジェル家の人々

「あなたの話は本当ですか？　人物は実在ですか？」

　ざっと答えれば、その通りだ。ただ、わたしは語り手であって、調査報道記者ではない。もともと中身がいい話は、随所で事実を補うことでもっと面白くなる。料理で言う、隠し味である。多少の誇張は笑いを誘う。似通った二つの話を折衷《せっちゅう》して、もう一つ突っ込んだ話に仕立てることもある。真意を伝えるために、時には細部を切り捨てる。話の種に引き合いに出した個人の心情を考慮して、架空の名前を使い、事実関係にいくらか脚色を加える必要もある。世間の口の端《は》に上ることを嫌う人たちは少なくない。

　ハイホ・ラマの話もその類である。

　話は事実そのままだが、靴職人ははじめから、頑として名前を出したがらなかった。誰だろうと、こつこつ仕事をするのは当然で、ただそれだけのことを誉められる筋はないという考え方である。「どうか、名前と、店の場所は出さないでください」しきりに言われて、わたしは架空の名前、エライアス・シュウォーツを使うことにしたが、これはこれでよかったと思う。というのは、本名のほうができすぎで、かえって眉唾と取られかねないからである。靴職人は、その名をエリ・エンジェルと言う。

エンジェル氏はすでに故人だから、ここでいくつか事実関係を補って、話の続きを披露しても差し支えない。

エリ・エンジェルはロードス島生まれの正統派セファルディム、すなわち、スペイン・ポルトガル系ユダヤ人である。正規の教育は満足に受けなかったが、実に豊かな教養の持ち主だった、と彼を知る人々は口を揃えて言う。ギリシア語、スペイン語、フランス語、ヘブライ語、英語を自在に操り、歴史、哲学、神学に通じていた。懐の深い人物で、同胞の移民が帰化したアメリカに馴染んでしっかりと根を下ろすように助力を惜しまず、シアトルの地元では、なにかにと壺を心得た小さな親切で近所中の尊敬を集めていた。当のエンジェルにしてみれば、情けは人のためならずである。亡くなった時、シナゴーグは弔問客《ちようもんきやく》で溢れ返った。人々は彼をツァディクと呼んだ。崇敬に価する義人の意味である。

たまたま、わたしの妻はエンジェル夫人を知っていた。医師たる者の嗜《たしな》みで、妻はエンジェル夫人の主治医であることをわたしに伏せていたのである。エリの死後、エンジェル夫人は傷心に耐えかねてわたしの妻を訪ねてきた。最愛の夫に先立たれた悲しみは深く、せめてエリがもっと多くの人に知られていたならば、と夫人は嘆いた。妻は『幼稚園』からハイホ・ラマの逸話を引いて、何百万もの人がエリ・エンジェルを知っている事情を話した。人々は、ただエリの本名を知らないだけである。彼の親切は報われ、こうして未亡人に慰めをもたらした。

無償の善行はエリの特技である。修理する価値もないぼろ靴にクッキーを入れて返すぐらいはほんの序の口だ。

ヘブライ語で、これをミツヴォと言う。

エンジェル夫人も先頃亡くなった。話にはまだ続きがある。

エリはレイチェルに一目惚れして、知り合って二日後に結婚を申し込んだ。レイチェルは断った。何故か？　癌を宣告されていたからである。子供は産めないし、長くは生きられない、と医者は言った。エリは引き下がらなかった。どれほどの時間が与えられているかは知らないが、最後まで愛する心は変らない。逃れる術もない運命を親愛の盾に隔てて、二人は結婚し、四人の子供に恵まれた。夫婦の愛情は人生の黄昏を迎えて、なお色褪せることがなかった。ミツヴォを心懸けることにおいて、エンジェル夫人はエリにいささかも劣らない。二人は共謀して、人知れず篤行を重ねたと言ってもいい。

わたしがそれを知っているのは、最近、エンジェル家の人々と話す機会があったからである。長男、レイモンドは靴屋の三代目で、シアトルはキャピトル・ヒルの父の店を継いでいる。地元の人々は、かつて父親を噂したようにレイモンドを誉めて、本当のメンシュだと言う。立派な人の意味である。客をそらさない誠実な応対ぶりを見て、わたしは密かに、レイモンドもまたミツヴォの達人だと思った。

レイモンドの妹や娘たちにも会って、家族のアルバムを見せてもらった。エリ・エンジェルと、かけがえのない妻、レイチェルは今も身近にいて、何くれとなく人々を気遣っているかのように、常に話題の中心である。わたしは人間すべてが駄目になってしまったわけでもなく、世界は必ずしも滅びに向かっていないことを教えられた気持でエンジェル家を辞した。叱咤されると同時に、心が洗われる思いだった。

伝道師のビリー・グレアムは言っている。天使は本当にいる。ただ、人の目に見えないだけだ。

これは間違っている。

わたしは本当の天使たちがどこにいるか知っている。直《じか》に会って、話もした。わたしの知っている天使は、靴底を直すと同時に、人の魂をも癒す。

埃と宇宙

引っ越しは日頃わたしが思い描いている自分自身の人物像をぶちこわす事件である。わたしはこれでも結構きれい好きで几帳面なつもりでいる。ところが、家財道具をすっかり運び出して、忘れ物はないかと部屋に戻ってみると、どうだろう。どこもかしこも埃だらけではないか。デスクのあったところ、本棚を退《ど》けたあと、ベッドの下だったところ、整理ダンスのあった隅……。

埃。灰色でぽやぽやした、何やら得体の知れない、気味悪いかたまり。

わたしは埃を眺めて考える。几帳面できれい好きとは、いったい、どこの誰だろう？　近所の人たちがこれを見たら何と思うだろうか？　母は何と言うだろう？　こんなところを人に見られたらどうしよう。急いで掃除をしなくては。それにしてもこの埃のひどいこと。引っ越しのたびに泣かされる。いったい、こいつは何だろう？

どこかの研究所が埃を分析した報告を医学雑誌で読んだことがある。人体のアレルギーを解明する目的で進められている研究のひとつだが、その分析結果がここでは大いに参考になる。埃の成分は何か？　毛、綿、紙などのけば。微生物の死骸。食品。枯草。木の葉。菌類の微細な胞子。単細胞生物。その他もろもろの正体不明な物質。大半は、人工の手が加わっていない、自然の有機物である。

しかし、これはただ、埃のなかにこんなにもたくさんの雑物が混じっているという話でしかない。重要なのは、埃のほとんどがもとをただせば、ふたつの発生源から出ていることである。ひとつは人間。剝落した皮膚や、抜け毛が埃を作る。もう一つは隕石。地球の大気圏に突入して分解した物質が埃になる。嘘ではない。地球には毎日、何トンもの隕石が降り注いでいる。言い換えれば、ベッドや本棚、鏡台や整理ダンスなど、家具を退けた時に出てくるあのもやもやは、あらかた、わたしと星の屑である。

ある生物学者に聞いた話だが、あの埃を壜に集めてひたひたに水を注ぎ、草花の種を蒔いて日向《ひなた》に出しておくと、じきに発芽して面白いようににょきにょき育つそうである。反対に、じめじめした暗いところに置くと、キノコが湧いて出る。そのキノコを食べると目から星が飛び散って病院へかつぎ込まれることになる。

もっとたくさん星を見る方法がある。ベッドから毛布を剝いで、真っ暗な部屋でぱたぱたはたけばいい。そこへ懐中電灯の光を当てると、見える見える。祖母の家のマントルピースの上にあったガラス球のなかの小さな金属片に似て、微細な埃がきらきら光りながら宙を舞っている。ロンドン橋が落ちる。わたしも落ちる。星が降る。何もかもが落下して、もとの姿に返るのだ。

現代の科学は、生命が宇宙からやってきたことを認めている。人間は星のかけらである。してみれば、デスクの後ろに溜まった埃は、わたしがひっそりと宇宙へ帰る途中の姿ではなかろうか。帰った先で宇宙の塵とひとつになって、今度は何に生まれ変るのだろうか。わたしは自分の部屋の物陰や隙間で起こっていることに驚嘆と畏怖の念を禁じ得ない。あれは、埃などというものではない。あれは宇宙の成長を助けるもの、つまりは宇宙の堆肥である。

みんな、踊ろうや

人の死に立ち会い、死者を弔《とむら》うことは牧師の務めのうちである。病院、死体公示所、斎場、墓地。さまざまな形で死にかかわった経験が、わたしの生き方に少なからぬ影響をおよぼしたとしても不思議はない。わたしはたくさんの人を見送った。それゆえ、わたしは芝刈りや、車の手入れ、落葉掻き、ベッドメイキング、靴磨き、皿洗い、といったことにあまり時間を使わない。わたしはたくさんの人を見送った。それゆえ、わたしは前の車が青信号ですぐに飛び出さないといってホーンを鳴らすことはない。わたしは蜘蛛を殺さない。そんな暇はないし、だいたい、そんなことをする必要がない。墓地や死体置場がどんなところか、わたしはよく知っている。それゆえ、わたしは時々〈バッファロー・タヴァーン〉へ出かけていく。

〈バッファロー・タヴァーン〉はひとことで言えば、アメリカをごった煮にしたような居酒屋である。土曜の夜、何やかやをこき混ぜて〈バッファロー〉という鍋で煮立ててやると、基本材料が融合して、十一時頃、連鎖反応に必要な臨界質量に達する。この反応を促す触媒は、専属の人気バンド〈ダイナミック・ヴォルキャニック・ログズ〉である。琥珀に封じ込められた蠅のように、今もって六〇年代の空気のなかに生きている八人編成のこのバンドは、足萎えも飛び上がって歩きだすほどの圧倒的な迫力でロカビリーを演奏する。階層も人種もさまざまな市民たちが〈バッファロー〉にやってきてビールを飲み、玉を撞き、ダンスに興じる。とりわけ、ダンスは一夜の眼目である。彼らは雑種の犬が尾をふって跳ねまわるように羽目をはずし、高歌放吟し、汗を流して踊りまくる。土曜の夜、〈ログズ〉のロックが店を揺るがし、客たちがリズムに乗って波を打つ時、そこには死などというものの影もない。

　そんなある晩、暴走族の一団が〈バッファロー〉を占拠した。名にし負う暴走族の元祖〈地獄の天使〉の向こうを張る体《てい》の出立《いでた》ちで、実際、それが板についたグループだった。映画撮影の扮装ではなかったと思う。男も女も、一種異様な臭気を放っていた。どうやら、石鹸で体を洗うことは、彼らの人生にとってさして重要な問題ではないらしい。彼らの後からひとりのインディアンが入ってきた。かなり年配の男で、長髪をリボンで束ね、ビーズで縫い取りをしたヴェストを着て、軍放出のズボンにテニスシューズという身なりだった。それはともかく、その顔の醜いことといったらない。断っておくが、わたしもこれで語彙《ごい》は豊富な方である。必要とあらば、言葉を飾ってその男の風貌を目に見えるように描写することもできなくはない。が、事実は避けて通れない。醜悪の一語に尽きる顔である。美事なまで醜悪とさえ言える不器量な男だった。

男は片隅に席を占めるように、バドワイザーをちびちび舐めるようにしながら長いこと粘った。〈ダイナミック・ログズ〉が絶叫調で『監獄ロック』をやりだすのをきっかけに、男はのっそり立ち上がり、もそもそと暴走族の娘の前に出てダンスを申し込んだ。おおかたの女性なら断るところだろう。しかし、その娘は愉快そうに肩をすくめて腰を上げた。

ここは先を急ぐとしよう。この見るに耐えない顔をして、よれよれにくたびれきったようなインディアン老人が、何と、ダンスの達人だった。緩急自在の動きが素晴らしい。大袈裟な身ぶりをするでもなく、ただリズムに乗って自然に体が動いているようで、その微妙なめりはりは名人芸というほかはない。彼はパートナーを思いのままにリードした。彼にかかると、相方の娘までがかなりの踊り手に見えてくるから不思議である。ほかの客たちがふたりに場所を譲って、フロアは広く空いた。バンドの面々はあまりのことに呆気《あっけ》にとられて演奏がお留守になったが、ドラマーだけはしっかりビートを叩き続けた。暴走族の若者たちが総立ちになってけしかけ、バンドは息を吹き返した。インディアンはいよいよ興に乗って踊った。暴走族の娘はついに力尽きて仲間の膝にへたり込んだ。インディアンはひとりで踊り続けた。店中の客が手拍子を打った。インディアンは椅子を相手に踊った。客たちは大喜びだった。曲が終って、みんなは拍手喝采した。インディアンは演説でもはじめるかのように両手を広げてそれを制した。バンドを見上げ、店中の客を見渡して、彼は言った。「どうした？　何をぼんやりしているね？　みんな、踊ろうや」

たちまち、バンドも客たちも、弾けるように調子づいた。フロアから人があふれて、調理場や、バーのなかで踊りだした。洗面所や、ビリヤードの台のまわりにもダンスの波が押し寄せた。人々は自分のために踊り、インディアンのために踊り、神のために、さらには、物欲の神マモンのために踊った。病院や、死体公示所や、斎場や、墓地のことはひとまず忘れて踊り続けた。誰も死にはしなかった。

「どうした?」インディアンは言った。「何をぼんやりしているね? みんな、踊ろうや」

ブースターケーブルと良きサマリア人

「ブースターケーブル、ありますか？　あったらお借りしたいんですが」

「ブースターケーブル？　ああ、どうぞどうぞ」

アイダホ州ナンパからやってきたという英語の教師と、その優しくしとやかな奥さんだ。あまり見かけない小型の外車に乗っている。朝霧の街を、ライトをつけて走った。そして、ライトを消し忘れて云々、と教師はくだくだしく弁解した。どうにもエンジンがかからない。ブースターケーブルが必要だ。バッテリーも借りなくてはならない。親切なサマリア人が通りかかってくれるのを待っていた。見るからにブースターケーブルの使い方を知っていそうな、気さくな相手ならなおありがたい。というわけで、思い遣り深い運命の女神はこの夫婦者をわたしに押しつけた。

およそ男子たるものは、ブースターケーブルの使い方を知っていなくてはならないはずである。そういうことは遺伝情報として染色体に書き込まれている。常識ではないか。ところが、なかには突然変異で頭の構造が変ってしまい、その種の常識がまったく欠落している男もいるのだ。ましてや、車のフードの下となると、これはもうヴゥードゥー教の世界であって、正直、お手上げである。

それに、向こうはブースターケーブルがあったら貸してくれと言っているだけで、使い方を教えろとは言っていない。その口ぶりから、わたしは先方が委細承知しているものと判断した。だって、そうではないか。車はアイダホナンバーだし、野球帽にカウボーイブーツという格好である。生まれながらにしてブースターケーブルの何たるかを知っている人種に違いない、と思ったところで無理はなかろうというものだ。向こうは向こうで、ハイキングブーツを履いて二十年も前のフォルクスワーゲンのバンに乗っている白い髯の老人はちょくちょくブースターケーブルのお世話になっているだろう、と踏んでいたらしい。わたしはケーブルを取り出した。そこは男同士である。お互いにわけしり顔であれこれ車のことを話し合った。フードを開けてみると、バッテリーがない。

「ははあ」わたしは言った。「これですよ。これじゃあしょうがない。バッテリーが盗まれてる」

「やられたか」アイダホの英語教師は頭をふった。

「バッテリーは後ろのシートの下よ」優しくしとやかな彼の妻が言った。

「おお」

そこで、荷物を残らず駐車場に下ろし、シートを持ち上げてみると、なるほど、ある。バッテリーに間違いない。それも、早くブースターケーブルをつないでくれと待ちかねている風情である。わたしの心配をよそに、英語教師は妻に向かってにやにや笑いながら声を落とし、高校時代に車の構造を教わった時、性教育も一緒に受けたのがいけなかった、と言った。以来、頭が混乱してしまい、何がどこにあって、どうしたら点火するか、ということになると話がこんがらかってくるという。わたしたちは笑ったが、彼の妻は眉ひとつ動かしもせず、車のマニュアルを取り出してページを繰りはじめた。

とにもかくにも、わたしたちは知恵を寄せ合ってマニュアルの理解に努めた。何でも、バッテリーのプラスとマイナスが問題であるらしい。車は電源を提供する方がアイドリングしていなくてはいけない。バッテリーには六ボルトと十二ボルトその他があって、どれはいいの悪いのと、何やらむずかしいことが書いてある。わたしは先生が万事呑み込んでいるものと大船に乗った気持で、ええ、とか、ああ、とか相槌を打った。向こうも同じだったと思う。マニュアルに従ってケーブルをしっかりつなぎ、わたしたちは同時にイグニッションキーをまわした。たちまち、車の間に電気の火花が走った。彼の車の点火装置は焼け焦げてしまい、ブースターケーブルはわたしのバッテリーに癒着した。彼の頭から野球帽が消し飛んだ。バシッ、と世界中で一番大きな蠅が電気防虫スクリーンにかかったような音がして、怪しげな青い炎と黒煙が噴き出した。電気はこわい。

男ふたりは駐車場の地面に置きっぱなしのシートに腰を下ろし、恐懼《きょうく》して自分たちのしでかしたことをふり返った。彼の妻がマニュアルを携えて、多少とも信頼できる助けを求めに出かけたあと、わたしたちはこの情況において可能な限り冷静に、かつ知的に語り合った。彼は言った。「無知と力と驕りというやつが一緒になると、どうも始末が悪いものですねえ」

「まったくです」わたしはうなずいた。「三つの子供にマッチを持たせるようなものですよ。あるいは、十六歳の少年に車を与えるとかね。聖人だの、狂信者だの、凡人離れした頭で凝り固まった信仰についてもそれは言えます。あるいは、映画俳優に核兵器庫を預けるとか。愚かな人間にブースターケーブルとバッテリーを扱わせるのも、同じことですよ」かくのごとく、わたしたちは力の行使ということについて普遍的な真理を求めて深く話し合った。ふたりとも、いささか自信喪失の気味ではあったけれども。

それからしばらくして、アイダホ州ナンパから郵便小包が届いた。あの英語教師の優しくしとやかな奥さんの好意だった。わたしのしくじりを赦すとともに、これからは無知ゆえの罪を犯さないようにという訓戒の意味を込めた贈り物である。小包のなかは、絶対に失敗のおそれがなく、こんがらかる心配もない電子制御のブースターケーブルだった。説明書にはブースターケーブルに関してありとあらゆることが、もうたくさんと言いたくなるほど詳しく細かく、それも、英語とスペイン語の両方で記されている。ソリッドステート制御装置があって、ケーブルをつなぐと接続が正しいかどうか知らせてくれるから、早まって電気を流す気遣いはない。次の行動に移る前に、本当にこれでいいかどうか考える時間を与えてくれる仕掛けである。

およそ力と名のつくものが働くすべての場面にこんな装置があったらいいと思う。人間の無知と驕りを考えると、こういうものが進歩してくれるのはありがたい。進歩は可能である。あの英語教師も、今度は奥さんに倣って冷静にふるまうことだろう。良きサマリア人は協力的で重宝《ちょうほう》かもしれないが、物を知らなかったら頼りにならない。

駄目なサマリア人

不面目を免れて、愚かしい死を避けることに関心がおありだろうか？それについて、多少はお役に立てると思う。

間抜けな失敗を繰り返すたびに、わたしは愚痴をこぼす。「何度やったらわかるんだ」まるで、自分の無知を認めることで問題が片づくとでもいう態度である。だが、そんなわたしでさえ、時には物事を正しく理解する。肝に銘じて、しっかり覚え込んだことは死んでも忘れない。まずは、最近、自慢できる話から。

誰かが真夜中、ぐっすり眠っているわたしを叩き起こして、耳元で「バッテリーケーブル！」と叫んだとしよう。わたしはベッドの上に居住まいを正して、淀みなく真言《しんごん》を唱えるはずである。

「車を寄せてエンジンを切る。赤いクリップを正常車のプラス、他端を故障車のプラスへ。黒いクリップを正常車のマイナス、他端を故障車のエンジンブロックへ。正常車を始動。故障車を始動。回転が上がったら、逆の手順でケーブルをはずす」

ざっとこんなものだ。今ではすっかり呑み込んで、まごつくことはない。手順は体が知っている。もはや、バッテリーが上がった車を前に、自分の無知を恥じて赤面し、なす術もなくおろおろうろたえるわたしではない。

どうしてそこまで、と問われるなら、わたしに一念発起を促したのはたび重なる屈辱である。本当に、どれほど悔しい思いをしたかわからない。二度ばかり、点火装置を黒焦げにしたし、感電して死ぬ目に遭ったこともある。立ち往生した車を助けようとして何もできなかった時は孫たちにさんざん笑われた。そこへ持ってきて、道端で「バッテリー上がり、乞救援」と走り書きした紙切れを掲げている女性を見て見ぬふりで素通りしたことから、妻に「あなたの悪いところは……」と、こんこんと説教された。もうたくさんだ。この辺で駄目なサマリア人は卒業しなくてはならない。

わたしは何人かの専門家に教示を仰いだ。オートパーツ専門店の青年。バッテリー販売店の女性。全米自動車協会の救援トラック運転手。近くのガソリンスタンドで顔見知りのフレッド。自分でホットロッドの改造をする十七歳の少年。彼らは揃って同じことを説いた。わたしは、これ以上はない最高度の知識を伝授されたのだ。その詳細をここに繰り返すから、心してお読みいただきたい。

1. 必ずバッテリーケーブルを使うこと。スピーカーのコードや、金属製の物干し綱で代用してはいけない。

2. 二台の車を接触しない範囲でぎりぎりまで寄せ、エンジンを切る。

3. 赤いクリップを正常車のバッテリーの＋につなぐ。
4. 赤いクリップを故障車のバッテリーの＋につなぐ。
5. 黒いクリップを正常車のバッテリーの－につなぐ。
6. 黒いクリップを故障車のエンジンブロックにつなぐ。
（どうしてバッテリーの－ではないのか？　上がったバッテリーから可燃性のガスが出ていることがある。最後のケーブルをつないだ時に火花が散ると、爆発が起きて大怪我をする危険なしとしない。ケーブルをアースさせることで、この危険を未然に防ぐのである。）

結線が終ったところで、成功を祈願する。正常車のエンジンをかけ、しばらく吹かしてから故障車のエンジンを始動して、バッテリーの充電を待つ。

ここまで来たら、歓声を上げて雀躍するのもよし、バッテリーが息を吹き返して誰も怪我をせず、屈辱も味わわずに済んだことを全能の神に感謝してもいい。あとは、エンジンブロックの黒、－の黒、故障車の＋、正常車の＋、と逆の順序でケーブルをはずすだけである。

これでうまくいかなかったら、母親を呼ぶことだ。パパは何でも知っている、というけれど、おそらくは母親の方が物をよく心得ている。父親は、その昔、まだハイスクールの生徒だった頃、おんぼろトラックに通用したヴゥードゥー教のまじないをあれこれ試すだけだろう。母親は慌てず、騒がず、全米自動車協会に連絡して、牽引トラックに来てもらいなさい、と言うはずである。

わたしは最新の記憶術を応用して、ケーブルの真言をずっと簡単な語句に圧縮している。「アレサ・フランクリン。アメリカ赤十字。死」である。

この三つの概念から、バッテリー復活の段取りを反芻《はんすう》すれば間違いは起こらない。ことのついでに、ざっと種明かしをしておこう。アレサ・フランクリンのヒット曲に「リスペクト」がある。これこそは、ケーブル接続に欠くべからざる心構えである。リスペクト――敬意、尊重とは、つまり、甘く見るなということだ。電気はこわい。アメリカ赤十字が作業の手順を示すことは言うまでもない。赤十字、すなわち、赤いクリップを＋につなぐ意味である。死は、最後に黒いケーブルをアースし忘れるとどうなるか、警告している。

さりながら、とかく間の悪いわたしは、これでもなお失敗しかねない。吹き降りの日暮れ方、路上で難儀をしている誰やらに、三つの言葉でバッテリーケーブルのつなぎ方を講釈する自分の姿が目に浮かぶ。「リナ・ホーン。救世軍。重病」「は？」

駄目なサマリア人は、しょせん、急場の役に立たない。

瀕死体験

人は死を口にしたがらないと言われている。ところが、ある一日の午後だけで、わたしは死んだり、殺したり、という話をずいぶん聞いた。「そんな格好で外に出たら、お母さんに殺されるぞ」「超過勤務は命取りだ」「あんまり笑って、死ぬかと思った」「足が痛くて死にそうだ」「しっかりな。息の根を止めてやれ」

最近、友人と臨死体験について話したせいで、わたしの耳がこうした表現に敏感になっていることもあるだろう。

その友人は医者で、世間には、短時間ながら一度は幽冥境を異にして、生還した、と自覚している人々が多く、彼ら臨死体験者の報告が実に具体的で内容に富んでいることに関心を寄せていたが、つい先頃、自身、手術中に心臓が停止し、蘇生までの束の間、典型的な臨死を体験した。いったい何が起きたのか、神秘の霧は濃く深く、どう理解したものやら見当もつかないという。

ただ、確実なのは体験の効果である。第一に、もはや死を恐れることはなくなった。

その上、生き方が変って彼は傍《はた》から見れば羨ましいような自在の境に達した。今では齷《あく》齪《せく》と仕事に追われることもない。言うなれば、人生の追い越し車線を捨てて、低速走行車線に乗り入れたようなものである。寸陰の死は彼の生活に向上をもたらした、と妻女は話している。

瀕死体験がおありだろうか？　わたしは、ある。最近だけでも何度か体験した。友人の臨死体験とはくらべものにならないが、衝撃は大きく、これによってわたしは人生について深く考えるきっかけを与えられた。

この夏、カリフォルニアの北部を走りながら、後部のドアが半ドアになっていることに気づいた。路肩に寄せて、運転席から体をよじってドアを閉めるのに、ほんの十五秒とかからなかったと思う。走りだして、カーブを曲がる途端に目の前で小型のスポーツカーが交差点を突っ切り、対向車線をやってきたトレーラー・トラックと正面衝突した。スポーツカーは楔《くさび》を打ち込むようにトラックの下に潜り、屋根がちぎれ飛んで運転手は即死した。衝突の弾みでトラックは横ざまに、私の車線へはみ出した。半ドアのせいでたかだか十数秒、停車しなかったら、わたしはこの大事故に巻き込まれたに違いない。

一週間後、今度はネヴァダで、ブレーキの故障したタンクローリーがカーブを曲がり損ね、わたしの前方を遮って横転した。手前のガソリンスタンドで窓を拭かずに急いだら、わたしは死を免れぬスピードでタンクローリーに激突したはずである。

間一髪の命拾いを自慢する気は毛頭ない。わたしはただ、あらためて死と隣り合わせの人生に思いを致しているだけである。

上下二車線の道を時速八〇キロでおとなしく走りながら、切れ目なしに続くトラックや乗用車とわずか一メートル、時にはもっと狭い間隔ですれ違うたびにわたしは考える。ほんの少しでもハンドルを切り間違えば、わたしは一巻の終りである。

上空一万二千メートルを飛ぶジェット機の窓から下界を見おろす。顔を押しつけているのは表面にひっかき傷のある薄っぺらなプラスチックの板である。わずかばかりの隙間を隔てて、これもひっかき傷のある薄っぺらなプラスチックの板が気密を保っている。その向こうは何もない空間で、ジェット機は氷点下の大気中を時速八〇〇キロで突き進む。窓が破れれば、わたしはたちまち小さな穴に吸い込まれ、宙に投げ出されて、それきりだ。射出死である。

わたしはこれまで、ゲティスバーグ、アウシュヴィッツ、広島に旅して、何千何万という人々が想像を絶する苦難のうちに惨死した、まさにその場所に立った。戦争の犠牲者とわたしを隔てるものは時間差だけである。同じ時に、同じ場所にいたならば、今頃はわたしも彼らと一緒にどこか遠くから地球世界の成り行きを見守っているだろう。

ある時、夜中に目が覚めて、隣で寝ている妻の毛布が呼吸につれて静かに上下するさまを透かし見た。呼気と吸気の変り目ごとに、一瞬、毛布の動きが止まる。気が遠くなるほどに複雑微妙な神経化学反応が維持されなかったら、その瞬間々々が命の果てかもしれない。妻の心臓が収縮を止めれば、共生の日々は終りである。呼吸は続いた。生きている。わたしは妻を揺り起こしてこのことを話したかったが、思い止まった。うっかり起こしたりすれば、半殺しの目に遭いかねない。

わたしは瀕死体験を信じているだろうか？　もちろんだ。

人生とは、これすなわち瀕死体験である。

死の主因は生である。

死後に人生はあるだろうか？　それがわかるものなら、死んでもいい。

10 夢見る心

飛ぶのに遅いことはない

一七八三年六月四日。今から二百年以上も前のことである。フランスはパリからさして遠くないアノネーの村の市場に高々と組みあげた足場の上で、湿った藁や、ウールのぼろ切れが焚かれて盛んに黒い煙を上げていた。頭上にはタフタ織りの布を継ぎ合わせた直径三十三フィートの風船が浮かび、これを繋ぎ止めているロープはぴんと張りつめて今にもちぎれんばかりだった。

お歴々をはじめ、数多《あまた》の群衆が見守るなか、大歓声を合図に繋索が解き放たれ、マシン・ドゥ・ラエロスター、空飛ぶからくりは威風堂々、真昼の蒼空に迫り上《せあ》がった。風船は六千フィートの高みに達し、数マイル離れた畑に降下した。世に害をなすものよ、と待ち受けていた農民たちはピッチフォークをふりかざし、寄ってたかって風船をずたずたに切り裂いた。この風船こそは熱気球の嚆矢《こうし》であり、気球飛行史の第一歩であるとされている。

この歴史的な光景に立ち会ったなかに、新生アメリカの外交官としてフランスを訪れていたベンジャミン・フランクリンがいた。凧と鍵を使って雷が電気であることを証明し、また、遠近両用眼鏡や印刷機を発明した、あのフランクリンである。傍らの男に、あんな風船が何の役に立つのか、と問われてフランクリンは歴史に残る名答を返した。「生まれたばかりの赤ん坊が何の役に立つね？」好奇心旺盛で想像力豊かなフランクリンともなると、さすがに物を見る目が違う。フランクリンは日記に書いている。「気球は大空を人類に開放するであろう」農民たちも、あながち間違ってはいなかった。気球はなるほど禍の先触れだったと言えば言える。後年、アノネーの村は空襲に遭って焼野原と化すからである。いや、これは横道だ。

この記念すべき日から遡ること数ヶ月、ジョセフ＝ミシェル・モンゴルフィエは、一夜、暖炉の前に坐り、煙突から噴き上げる火の粉と煙を眺めて考えた。想像力は煙とともに夜空に舞い上がった。煙が宙に浮くものなら、これを袋に閉じ込めたら、袋も浮き上がるのではあるまいか？　物や人を乗せて空を飛べるのではなかろうか？

モンゴルフィエは四十代の半ば、裕福な製紙業者の御曹司《おんぞうし》で、十八世紀の科学という新しい信仰に篤《あつ》く帰依《きえ》し、才気煥発、思い立ったらじっとしていられない性分の男だった。彼は実務家の弟、エティエンヌと語らい、工場主である父親の豊かな財力を頼りに、早速、実験に取りかかった。紙袋は絹の風船になり、やがて、タフタに松脂《まつやに》を引いた布製の気球が完成した。これでよし。ほどなく、気球は羊と家鴨と鶏を乗せてヴェルサイユの広場から飛び立った。生き物たちはみな無事だった。これによって、空には一部で噂されていたような有毒ガスはないことが証明された。

誰よりも熱心にモンゴルフィエ兄弟を応援したのは、若い科学者、ジャン－フランソワ・ピラートル・ドゥ・ロジエだった。ピラートルは、気球を作ることには関心がなかった。彼はただただ空を飛びたかったのだ。モンゴルフィエ兄弟の関心は科学的実験に傾いていた。二人が年嵩《としかさ》で沈着な地上勤務員なら、空を飛ぶことを夢見たピラートルは若さに溢れる冒険家だった。アノネーの村から人類初の気球が上がった年の秋、正確には一七八三年十一月二十一日午後一時五十四分、ジャン－フランソワ・ピラートル・ドゥ・ロジエはついに夢がかなって、ブーローニュの森のラ・ミュエット宮の広場から飛び立った。七階建てのビルほどもある大きな気球には、黄道《こうどう》十二宮の星座と、王家の紋章が描かれていた。気球は森を後に、教会の尖塔を越えて高く高く舞い上がり、セーヌ河を跨いで五マイル先に降下した。

モンゴルフィエ兄弟、ジョセフ－ミシェルとエティエンヌはその後も科学的関心を持ち続けて長く充実した人生を送り、ベッドの上で安らかに生涯を終えた。歴史的な有人気球飛行をやってのけた若きジャン－フランソワ・ピラートル・ドゥ・ロジエはその二年後、イギリス海峡を西から東へ横断する途中、気球が炎上して墜死した。しかし、血筋は争えない。ピラートルの玄孫、つまり、孫のそのまた孫はフランスの航空界に名を残す、パイロットの草分けのひとりである。

はて、わたしはいったい何の話をしているのだろうか？　私が言いたいのは想像力、すなわち、夢見る心が人間に何をもたらすかである。「想像力は知識以上に貴重である」とエティエンヌは言った。彼はそのことを誰よりもよく知っていた。

　これはまた、想像力に富んだ人々が互いに支え合って夢を果たしていく話でもある。人間は順繰りに肩車に乗っている。地べたにへばりついていた人間が、気球を作り、それに乗って空を飛び、ついには月面に立つまでになった。片方には、当然、地上勤務員たちがいる。ロープを支え、火を焚き、一緒になって夢をふくらませ、離陸に手を貸して、気球の上昇を見送る人々だ。彼らに助けられて何人かが空を飛び、可能性の限界を窮《きわ》める。そういうこともこの話は伝えている。

　子供たちが一つの段階を終えて次に移る時期になると、私はいつもモンゴルフィエの気球を思い出す。ハイスクールを卒業する時。大学を出る時。親元から旅立っていく時。そうした機会に、われわれ大人は彼らに何を贈ったらいいだろうか？　想像力、と私は答えたい。ちょっと背中を押して飛び立たせてやることだ。餞《はなむけ》とは、まさにそれを言うのである。

　こっちへおいで。この崖っぷちまで出ておいで。見せたいものがある、とわたしたちは言う。恐いよ、と彼らは後込《しりご》みする。胸がどきどきしている。いいから、崖の縁まで来てごらん。夢を羽ばたかせるのだよ。彼らはやってきて向こうを見る。その時、そっと背中を押してやる。彼らは飛び立っていく。後に残って、わたしたちはベッドの上で安らかに生涯を終えるのだ。彼らは彼らで、どこへでも飛んでいって好きなようにすればいい。わたしたちと同じで、彼らもまた、後から来る者たちの想像力を刺激して崖から飛び立たせてやることになるだろう。

翻《ひるがえ》って、私は人生も半ばを過ぎた自分のことを考える。できることなら、わたしも長生きして充実した生涯を送り、ベッドの上で安楽に息を引き取りたい。それはさておき、アノネーの村で人類初の気球が上がった日は、たまたまわたしの誕生日に当たっている。気球飛行史二百年を記念するこの日、わたしはワシントン州ラコナーの小村、スキャギット・ヴァリーに近い麦畑から気球に乗って空を飛んだ。いくつになっても、飛ぶのに遅いことはない。

やってやれないことはない

わたしの大好きなラリー・ウォルターズの話をしよう。ウォルターズは三十三歳になるトラック運転手である。彼は自分の家の裏庭でローンチェアに腰をかけ、空飛ぶことを夢見ている。物心ついた頃からの夢である。空高く舞い上がって遠くを見ることができたらどんなにいいだろう。彼には時間も金もない。学歴もない。パイロットになる機会にはついに恵まれなかった。ハンググライダーはいかにも危なっかしくて、とてもやる気がしない。仮にその気になったとしても、近くに適当な場所がない。それで、夏の午後はもっぱら裏庭の古びたローンチェアで過ごすことにしている。アルミの骨をリヴェットで止めて帯紐を渡しただけの、ごく当たり前の椅子である。こんなローンチェアなら、どこの家の裏庭にもひとつやふたつ転がっているだろう。

次の一幕は、新聞やテレビの大騒ぎである。わがラリー・ウォルターズはロス・アンジェルスの上空を飛んでいる。とうとう夢を実現して、空高く舞い上がったのだ。相変らず、アルミのローンチェアに腰かけている。が、そのローンチェアは気象台払い下げの、ヘリウム・ガスを充填した四十五個の観測気球に吊り上げられている。ラリーはパラシュートを背負い、市民バンドの携帯ラジオ、半ダース・パックの缶ビール、ピーナッツバターとゼリーのサンドイッチ、それに、降下する時いくつかの気球に穴を開けるための〇・一八口径ライフル空気銃を抱えている。群衆の頭上たかだか二、三百フィートなどという話ではない。彼はロス・アンジェルス国際空港の進入経路を突き抜けて、一万一千フィートの高みに達している。

ラリー・ウォルターズは寡黙な男だ。何と思ってあれほどのことをしたのか、という記者団の質問に答えて、彼は言った。「ただ、ぼけーっとしてたってしょうがないから」恐怖を感じたか、と訊かれて「生きた心地もなかった」。また飛びたいと思うか、という質問には「もうたくさんだ」。空を飛んでよかったと思うか、と質問されると、彼は白い歯を見せて破顔一笑した。「ああ、そりゃあもう」

人類はローンチェアに坐っている。一部には、もうすることは何もない、という声がある。が、世界中のラリー・ウォルターズたちは夢と憧れに駆られて、ローンチェアに気球を結びつけることに余念がない。

人類はローンチェアに坐っている。一部には、人類を取り巻く情況はもはや絶望的だ、という声がある。が、世界中のラリー・ウォルターズたちは、何だってやればできる、の精神で空に舞い上がり、一万一千フィートの高みから下界に向かって呼びかける。「俺はやったぜ。ほら、この通り、空の上だ」

要は気持のありようだ。時間はかかるかもしれない。手段や装備は奇妙きてれつ、突拍子もないものになるかもしれない。しかし、あくまでも夢を大切にして、手近なところで知恵を働かせれば、どんなことだって、やってやれないことはない。

ちょっと待った！　どこか隅の方でひねくれ者の声がする。どう頑張ったところで、人間は空を飛べやあしないではないか。鳥のように、自力では。おっしゃる通りだ。だがしかし、どこやら小さなガレージの暗がりで、誰かが物に憑かれたように、異様な光をその目に宿し、ビタミン剤や鉄分補給剤をむさぼりながら、猛烈な速さで腕を上下にふる練習をしていないとも限らない。

ラリー・ウォルターズ拾遺

ラリー・ウォルターズがローンチェアと気球で空を飛んだ「グレート・バルーン・チェア・ライド」は一九八二年のことである。わたしは早速、この快挙について書き、以後、長年にわたってあちこちでラリーの話をした。わたしにとって、ラリー・ウォルターズは掛け値なしの英雄だった。この話には続きがある。終わりのない終わりである。

何よりもまず、ラリーが飛んだのは一万一千フィートではなかった。正確には、一万六千フィート。三マイルを超える高度である。TWAとデルタ航空のジェットパイロットが旅客機の飛行空域でラリー・ウォルターズを目撃しているから、これは間違いない。彼はローンチェアでロス・アンジェルスの上空一万六千フィートを飛んだ。

当然、シートベルトは着用したが、彼は興奮のあまり留め金をかけ忘れていた。装備はほかに、高度計、コンパス、信号用の懐中電灯と予備のバッテリー、医薬品一式、ビーフ・ジャーキー、カリフォルニアの道路地図、救急箱。いずれも、その場の思いつきで掻き集めたものではない。ラリーは用意周到だった。ゴーグルは上昇途中に脱落し、気球を撃ち抜いて高度を調節するライフル空気銃は誤って取り落とした。ラリーは送電線に不時着して、付近一帯が停電した。

人々をあっと言わせた快挙も、処罰は免れなかった。連邦航空局はラリー・ウォルターズを召喚し、数ある違法行為のうち、特に「有効な耐空証明書なしに民間航空機を操縦」し、空港領域に侵入しながら管制塔と交信を怠ったかどで罰金千五百ドルを課した。

ひとしきり、ラリー・ウォルターズは全米市民の話題を独占した。〈ニューヨーク・タイムズ〉は彼を大きく取り上げ、テレビの人気番組、「トゥナイト・ショー」や、「レターマン」その他、方々で彼は引っ張り凧だった。この間の事情を詳しくお知りになりたい向きは、インターネットの www.markbarry.com を検索なさるといい。ホームページを開いているバリー氏はラリー・ウォルターズ研究の権威である。離陸の模様、空中のラリー、不時着現場など、写真も豊富に揃っている。

バリー氏はまた、ラリー・ウォルターズが近所の子供に譲ったローンチェアの所在も突き止めた。なろうことなら、ラリーが飛んだローンチェアを手に入れて坐ってみたいが、すでにスミソニアン博物館行きが決まっている。それに、ラリーがそんなわたしの願いを知ったら、自前のローンチェアと気球で飛べ、と言うに違いない。

さて、これからが先に触れた、ラリー・ウォルターズの終りのない話である。ローンチェアで空を飛んでから十年後の一九九三年十月六日、ラリー・ウォルターズはひとりでアンジェルス国有林へ出掛け、心臓を撃って自ら命を絶った。何で？　どうしてまた？　理由は誰にもわからない。よもやラリーがこんな死に方をするとは、思いも寄らないことだった。遺書はなかった。

彼の絶望は、夢の高みに劣らず深かったのであろう。

わたしは部屋の壁にラリーの写真を飾っている。高空に浮かんだラリーの写真である。彼は今、永遠の命を得て神の国にいる。

墓碑銘――

ラリー・ウォルターズ

一九四九年四月十九日―一九九三年十月六日

万人に愛された

ローンチェア・パイロット

マリアの父親

かねがね気になっていることがある。キリストの母方の祖父、マリアの父親の人物像である。どこを捜しても名前が出ていないが、マリアに父親がいなかったはずはない。信仰上の立場がどうであれ、聖書を読めば登場人物の多くはわたしたちと同じ、極く当たり前なただの人である。

こんな場面を想像してみるといい。

ある日、マリアの父親が仕事を終えて帰宅する。妻と十代の娘がキッチンのテーブルを挟んで向き合っている。妻は浮かぬ顔である。家のなかの空気は重苦しい。マリアは頭を抱えてすすり泣いている。お帰りなさい、お父さん。

「どうした？」

「この子、妊娠してるの」妻は困り果てたように言う。

「ほう。相手は、ヨセフだな。許婚《いいなずけ》だもの、不思議はなかろう」

「いいえ、そうじゃあないの。それだったら何の面倒もないけれど。困ったことをしてくれたわ、本当に」

「だったら、誰なんだ、相手は？」

「この子の話では……誓って言いますけど、これは本人の口から聞いたことよ……夜の夜中に、主の御使いがやってきたそうよ。羽の生えた男が部屋へ忍びこんで、それで、こんなことになったんですって」

「ふん」

「それだけじゃあないの。この子が言うには、おなかの子の本当の父親は神ですってよ」

「ふん」

「あなた、ふん、ふん、て何よ、それ？　あたしの言ったこと、聞いてるの？」

実は、父親は聞いていなかった。どうせ大したことではないという気持だった。日が暮れて、戻る途端に椿事出来《ちんじしゅったい》の知らせを受けるのは今にはじまったことではない。妻と娘はたいていキッチンで諍っている。誰がどう言った、こう言った。何をした、かにをした。そんなこと言ってない。いいえ、言いました。嘘ばっかり。きいきい、かあかあ。と、そこで父親ははっとする。

「おい、今、何て言った？」

彼が耳を疑って聞き返したのは、これが最初の最後ではなかった。

年を経ても事情は変らず、キリストの母方の祖父が仕事から戻ると、妻は待ちかねたように言う。「ねえ、お祖父さん。今日、うちの孫が何をしたと思います？」

水をワインに変えた。湖を歩いて渡った。パンと魚を降らせた。ここやかしこで病人を癒した。やれ、どうしたの、こうしたの、と孫が働く不思議は数増すばかりである。

この老人にとって、友だちが吹聴する孫の自慢話は聞くに耐えなかったに違いない。「そんなのは何でもない」どうしたって、口を挟みたくもなろうというものだ。「うちの孫のすることを聞いて驚くな。とうてい信じられないから」実際、まわりは信じようとしなかった。

この点について、わたしは自信を持って断言できる。老人が孫のことをどう話しても、世間は信じない。そもそも、関心がないからだ。ましてや、その孫が塗油によって聖別された、水の上を歩く神の子と来ては、勘弁してくれ、だろう。

ふん。

11 万物流転

去るもの、来るもの

そもそものはじめは、十三になった年の夏、ワシントンDCの大使館街からほど近いアパートに住むわたしの叔母、ヴァイオレットを訪ねた時のことだった。わたしはテキサス州ウェイコから汽車ではるばるポトマック河畔のこの大都会へやってきた。ヴァイオレット叔母は涙ぐましい努力の果てにようよう上流社会に這い上がった愛すべき奇人で、大変なグルメ志向だった。叔母から見れば、わたしの母などは救い難い田舎者である。そんな叔母にわたしは大いに憧れていた。ヴァイオレット叔母とわたしはよく馬が合った。あの晩餐会の一夜までは、だ。

実に錚々《そうそう》たる顔触れだった。上院議員に将軍がふたり。それに、外国の高官が何人か、いずれも着飾った夫人同伴である。ウェイコ育ちの少年はえらく晴れがましい気持だった。この席のために、ヴァイオレット叔母はわたしにシーアサッカーの縞のスーツを着せてくれた。これがどうして、なかなかよく似合う。馬子《まご》にも衣装とはこのことだ。

それはともかく、ディナーの支度に追われている叔母を見かねて、何か手伝うことはないか、と申し出ると、叔母はわたしに紙袋を押しつけて、なかのものを洗ってサラダ向きに薄くスライスするように言った。袋の中身はキノコだった。びろびろして茶色い斑《まだら》のある、まるで病気のかたまりとでも形容するしかない気味の悪いキノコである。

キノコを見るのは、何もこれがはじめてではなかった。キノコというのがどんなところに生えるものか、わたしはよく知っている。牛舎や鶏小屋の薄暗いじめじめした場所にキノコは生える。一度、体育館のロッカーにひと夏おきっぱなしにしておいたテニスシューズのなかに生えたことがある。キノコは菌類だから、黴の仲間だ。どうして知っているかというと、一年中同じ靴を履いていたら指の間に黴が生えてえらい目に遭ったことがあるからだ。それにしても、わたしは自分がキノコを手に持つことになろうとは思ってもいなかった。ましてや、それを洗って、スライスして、食べるにいたっては、もう、とうてい信じられない話である。（父はわたしに、ワシントンというところはどうにもわけがわからない気色の悪い街だ、と言っていた。なるほど、とわたしは合点した。）これは叔母が、田舎から出てきた世間知らずの子供をちょっとからかおうとしたに違いない、と解釈して、わたしはキノコを袋ごと、こっそりごみバケツに捨ててしまった。

発覚した時の叔母の剣幕から察するに、あれはよほど高価なキノコであったらしい。わたしは今日に至るまで、ヴァイオレット叔母が遺言からわたしの名をはずしたのはこのためだと思っている。叔母は階級が違うわたしを見捨てたのだ。

白状すると、わたしは今もってキノコや、キノコを食べる人を見ると恐ろしい気がする。もちろん、長ずるにおよんで人前では如才なくふるまうことを身につけたから、招待の席で出されたものは何でも食べて、好き嫌いを論じたりはしない。わたしはいたって扱いやすい客である。とはいえ、どうもキノコが苦手であることに変りはない。キノコを好む人が理解できない。決して、人格を疑うとまでは言わないけれども。

これに限らず、世の中にはとうていわたしの理解のおよばないことがあまりにも多い。重大な疑問もあれば、小さな不思議もある。わたしは首を傾げることに出くわすたびに、それを箇条書きにすることにしている。年とともにこのリストは長くなる一方である。参考までに、今年に入ってからわたしが不思議に感じたことの一部を披露すると――

スーパーマーケットのショッピングカートについている車は、どうしてひとつだけ自己主張して、ほかの三つとは別の方に動こうとするのだろうか？

目をつぶって歯を磨く人をよく見かけるが、あれはどうしてだろうか？

どうして人はエレベーターのボタンを何度もカチャカチャ押すと早く来ると思い込んでいるのだろうか？

オードブル（hors d'oeuvre）を orderves と綴って、どうしていけないだろうか？

どうして人は郵便物を投函した後、ポストを覗いてみないと気が済まないのだろうか？

どうしてシマウマなどというものがいるのだろうか？

どうして人はミルクが底の方にほんの少ししか残っていないカートンを冷蔵庫に戻すのだろうか？

クリスマスの歌はたくさんあるのに、ハロウィンの歌がないのはどうしてだろうか？

どんな木にも一枚だけ、枯れてなお頑として落ちない葉があるのはどうしてだろうか？

最近、犬用のオーデコロンが売り出されているのは何かの前兆だろうか？

もちろん、これらが産業の原動力になる疑問ではないことはわかっている。もっと重要な疑問はリストのはじめの方にあって、長いこと未解決のままである。電気とはいったい何か、とか、伝書鳩はどうやって帰巣《きそう》するのか、とか、どうして虹の果てまで行き着くことができないのだろうか、といった問題だ。さらにリストを遡ると、本当に深刻な疑問が並んでいる。人はなぜ笑うのか、芸術とは何か、神はなぜ一部の仕事を手直ししないまま、あるいは、未完成のままにしておくのか。そして、筆頭は、生命とは何か。人はなぜ死ななくてはならないのか？

そこで話はキノコに戻る。新年のディナーのサラダにキノコが入っていた。わたしはまたしてもキノコに悩まされ、百科事典を繙《ひもと》いて少しばかり勉強した。キノコは菌類である。正しくは、菌糸が特殊化して胞子を生じるもので、子実体と言う。死、病気、腐敗、老廃等、自然界の暗黒面が菌類の領分である。菌類は他の生物体が作った有機物によって生活する。イースト菌、黒穂病菌、ウドンコカビ、アオカビ、キノコ……。地球上には何十万種もの菌類が生きている。もっと多いかもしれないが、正確な数は誰も知らない。

菌類はいたるところに生育する。土中、空気中、海、川、湖、雨、食品、人体。そう、人間は誰でもみな体のなかに菌類を持っている。それぞれの場所で、菌類は大事な役割を果たしている。菌類がなければふかふかのパンは食べられないし、おいしいワインも飲めない。人間は生きていかれない。パン、ワイン、チーズ、ビール、レアのステーキ、上等の葉巻。みな菌類の世話になっている。古い友だちというのも、どことなく黴臭いところがある。百科事典によれば、菌類は「有機物の分解に大きく関与し、落葉や枯木、動物の死骸、人体などに固定されている炭素、酸素、窒素、燐を土中、ならびに大気中に解放する」菌類は生と死の仲を取り持つ産婆役である。菌類の働きによって生と死が入れ替わり、生態系は限りなく循環する。

ここには容赦ない、厳粛な真理が明かされている。すなわち、すべて生あるものは他のものが死んで場所を譲って、はじめて生きられるということである。死のないところに生命はない。何ひとつだに例外はない。ものみな、かつ来たり、かつ去る。人間もまた然り。歳月は流れ、思想は変遷する。万物流転、輪廻《りんね》転生。古いものは飼い葉となって新しいものを生み育てる。

わたしは新年のディナーのサラダに入っているキノコを、喜んでとはいかないまでも、神妙な気持で口に運んだ。去るもの、来るものに思いを馳せると、わたしは理解していながら曰《いわ》く言い難い何かに打たれて、ひそかに畏怖の念を禁じ得なかった。すべては自然の摂理に従って存在の淵へ流れ下る。これこそが、宇宙のあるがままの姿である。

物の名前

〈ネイキッド・ブルームレイプ〉、〈バスタード・トウドフラックス〉、〈レッサー・ダーティ・ソックス〉、あるいは、〈クラウチング・ロコウィード〉をご存じだろうか？

裸のハマウツボ。父無子《ててなしご》のコマンドラ。小っちゃな汚れた靴下。這いつくばったロコ草。わたしが勝手に作った言葉ではない。北アメリカの野生植物図鑑を見れば、たいていは写真入りで載っている。ハイキングのたびに「あれは何？」を連発して無知をさらけ出したくないばかりに、携帯図鑑をひっくり返すうちにこの種の突飛な植物名が気になってきた。いったい、どういうことだろう？　こんな怪しげな名前の草花が本当にあるのだろうか？　それとも、読者大衆をからかおうという植物学者の魂胆だろうか？

事実、これらの植物があるならば、自然界に咲きほこる草花に気の毒な名前をつけた野夫《ヤフー》の無神経はあっぱれとしなくてはなるまい。花いっぱいの草を見て「こいつは、素っ裸のハマウツボと呼ぶことにしよう」などと、よくも言えたものではないか。それも、薄紫のラッパ形で、蘂《しべ》が淡い黄色の凄艶な花である。よほど虫のいどころが悪くなくては、この花をこんなふうには言えない。もっとひどいのがある。「こう見たところ、これは父無子のコマンドラだな」乱暴にもこんな心ないことを言う拗ね者はどこの誰か、顔が見てみたい。コマンドラはゴマノハグサの仲間で、乳白色の小さな合弁花を咲かせ、葉はオリーヴグリーンの清楚な姿である。助けてくれだ。「なあ、あのみっともない罰当たりは、這いつくばったロコ草ぐらいが相応だ」森陰で、細身の葉と、集合果をなす銀白の花序が丈高く美しい草を見てこの科白《せりふ》を吐いた誰やらは、何かのことでふてくされていたに違いない。

ダーティ・ソックスは、中心に赤紫の斑がある、ピンクがかった可憐な花だが、この命名者はどんな靴下を履いているだろうか。ハイカーの靴下が不格好で汚れているのは珍しくないが、それを草花の名にする臍《へそ》曲がりの気が知れない。

どうやら、一部の植物学者は自分の研究対象にいびつな尊敬の念を懐いていると考えるしかなさそうである。植物図鑑には、いかにも意地の悪い形容詞が多用されている。下等を意味する「ロウリー（lowly）」や、似て非なるものを指す「贋何々、あるいは、何々もどき（false）」、ことさらに矮性《わいせい》、つまり、小さいことを強調する「ドゥウォーフ、ピグミー（dwarf, pygmy）」の類である。彼らが自分の子供たちや、飼い犬、飼い猫にどんな名前をつけているか、興味あるところだ。

黄色が鮮やかな小ぶりのヒマワリに〈ニップル・シード、乳首の種〉の名をつけた人物の頭の構造はどうなっているのだろうか。もし、いるものならば、その愛人にも会ってみたい。

だが、果たして誰がそんなことを気にするだろうか？　関心をくすぐられるとなれば、もっとましなことがほかにいくらでもあるではないか。思うに、野生植物の花の名の適否は、世上に議論を沸騰させるほど時流に合った問題ではないらしい。ずいぶんえげつない話題がマスコミを賑わせているのにだ。

それにしても、身のまわりの物の名をすっかりご破算にして、はじめからやり直したらどうなるか、考えずにはいられない。われわれの世代が万物に名をつける責任を負うならば、多少とも情況はよくなるだろうか。人類の友である草花に、優しい名前を与えるだろうか。悲しいかな、あまり期待できそうにない。学会や議会の公聴会で、花の名が論議される図など想像もつかないではないか。

その上、専門家に言わせると、生物の進化はめまぐるしく、動植物や昆虫は、かつ現れ、かつ消え失せて、人間がこれを分類していちいち名前をつけている暇もない。現在、同定されて名前が決まっている生物は、わたしたちが聞いたことも見たこともない生物とくらべたら、微々たるものでしかないという。名前のある生物も、実際はほとんどがとうに絶滅しているのである。かつては裸のハマウツボと呼ばれても不思議のない花があって、それが今では絶え果てているのかもしれない。何かが消え去れば、別の何かが取って代る。新しく登場した種に名前をつけるなら、いくらかなりと思案して、気のきいた命名ができないものだろうか。

現に、うまくいっている例もある。植物図鑑でわたしが好きなのは、チチコグサの一種〈ロージー・プッシートウ、バラ色の猫の手〉、ミズタマソウの〈エンチャンターズ・ナイトシェード、魔女の犬鬼灯《ほおずき》〉、〈チョコレート・リリー〉などである。どれも、なかなか気がきいている。

ところで、草花の世界ではわたしたち人類を何と呼んでいるだろうか？　減量道場這い茸？　毒寄生木《やどりぎ》？　夜鳴き蟻地獄？　ウッキー泣き草……？

現生生物のほとんどは人類よりもはるかに長い時間、この地球上に存在している。化石の証拠からも、それは明らかである。そして、われわれ人類が、飽きもせずに物に名前をつけながら、種の寿命を全うしてあの世へ引き取った後も、多くがまだ長いこと生き延びるだろう。地球の歴史は四十五億年で、この先、なお五十七億年あるとされている。

行きずりの人間に何と呼ばれようと、草花は痛くも痒くもないのではなかろうか。

物の名前は、しょせん、われわれ人間について回るだけである。

12 人間模様

インド人から聞いた話

Ｖ・Ｐ・メノンは第二次世界大戦後、インドがイギリスから独立を目指していた時代の指導的な政治家である。メノンは総督府にあってインド人としては最高の地位を占める文官で、時の総督、マウントバッテン卿は最終的にインドの独立を認める裁定案を起草するに当たって彼に助言を求めた。おおかたの独立運動家と違って、メノンはまれに見る立志伝中の人だった。執務室の壁にオックスフォードやケンブリッジの学位免状が飾ってあるわけでもなく、後ろ盾となってくれるカーストも親類縁者も彼にはいなかった。

十二人兄弟の長男だったメノンは十三で学校を辞め、日雇い労働者、炭坑夫、職工、行商人、教員、といろいろな職業を転々とした。志を立ててインド政府に事務官の職を得てから、彼は彗星のように頭角を現した。その優れた人格と、インド、イギリス両国の役人と巧みに折り合って建設的にことを処理する抜群の組織力が物を言ったのだ。故ネール首相も、マウントバッテン卿も、メノンこそはインドに自由をもたらした人物、と彼に惜しみない讃辞を呈している。

メノンの為人《ひととなり》にはふたつの忘れ難い、際立った特長があった。恬然《てんぜん》として公正な決断の早さと、他者に対する深い思い遣りである。その優しさの依って来るところについて、没後に彼の娘が語っている。政府に職を求めてデリーにやってきたメノンは、停車場で有り金と身分証明書ごと荷物をそっくり盗まれてしまった。このままでは、失意のうちに歩いて国へ帰るしかない。藁をも摑む思いで、彼は行きずりのシーク教徒に事情を話し、身の置きどころが決まるまで、当座の間に合わせに十五ルピーの金を無心した。シーク教徒はその金を用立てた。後の返済のためにメノンが住まいを尋ねると、老シーク教徒は弁済の期限を生涯として、見知らぬ困窮者が助けを求めてきたら、その者に返すように、と言った。行きずりの他人に借りたものは、行きずりの他人に返せ、ということだった。

メノンはこのことを決して忘れなかった。命の綱の十五ルピーもさることながら、彼は貴重な信用を供与されたのだ。娘の話によれば、メノンの死の前日、バンガロアの私邸にひとりの乞食が現れて、足に肉刺《まめ》ができて難儀しているので、新しいサンダルを買う金を恵んでほしい、と言った。メノンは娘に、財布から十五ルピーをその男に渡すように言いつけた。意識がたしかなメノンの最後の行為だった。

わたしはこの話を見ず知らずの男から聞いた。ボンベイ空港の手荷物一時預かり所で隣り合わせたインド人である。わたしは荷物を受け取るつもりが、あいにく、もう手持ちのインド通貨がなかった。係員は旅行者小切手を受けつけてくれない。早く荷物を受け取らないと次の飛行機に遅れそうで、わたしは気が気でなかった。それを見かねて、インド人が料金を立て替えてくれた。アメリカの金で八十セントばかりだった。さて、この借りをどうやって返したものかと困《こう》じ果《は》てているわたしに、それにはおよばない、と言って聞かせてくれたのがここに紹介したメノンの話である。彼の父親はかつてメノンの部下だった人で、メノンの徳を偲《しの》んでその喜捨の精神を息子に伝えた。彼は父親の心を継ぎ、いつでも自分が借りているものを行きずりの他人に返す用意でいるという。名もないシーク教徒がインドの高等文官に託した信用は、その部下から息子を経て、旅先で不自由している異国の白人に伝えられた。金額はわずかなものである。しかも、わたしの場合は金に困っていたわけでもない。とはいえ、彼の親切は何ものにも代え難い。わたしは本当に有難かった。これによって、わたしもまた債務を負う身となったのだ。

そこで思い出すのは、聖書に登場する例の親切なサマリア人である。わたしはよく、あの話の続きはどうなるのだろうかと考える。強盗どもに身ぐるみ剝がれて半殺しの目に遭った旅人は、親切なサマリア人に助けられて何を感じたろうか？　強盗どものひどい仕打ちが忘れられず、ひたすら被害者意識と怨恨を懐いて生涯を送ったろうか？　それとも、サマリア人の匿名の好意に感じて、行きずりの人に借りを返す心で後半生を過ごしたろうか？　見も知らぬ他人が救いを求めている時、彼は果たしてどのようにふるまったろうか？

――――――――――

多くの読者から、これと似たような話が寄せられた。体験談もあれば、知名人の誰彼を賞賛する逸話もある。どこまで本当か、専門の事情調査員にもわからない。

しかし、少なくともたしかなことが三つある。どの話も親切の徳を核心としていると、誰もがそれぞれの立場で親切の連鎖に加わり、こと、それに、ささやかな好意の持続に対する信頼である。これだけは本当であってほしい。いや、そう願うまでもなく、みな本当の話だ。

さあ、音楽を

以前、アイダホ州ウィーサーに、一週間、遊んだことがある。

こう言ったところで、なかなかぴんと来ないかもしれない。アイダホ州の地図を見ればわかる通り、ウィーサーはほんの名ばかりで、何があるわけでもない辺鄙《へんぴ》な町である。しかし、フィドル（ヴァイオリン）を弾く者にとっては、ウィーサーは宇宙のメッカであって、毎年六月最後の週に、この地で全米オールドタイム・フィドラーズ・コンテストが催される。実は、わたしもかつて多少フィドルをいじくった。それで、のこのこ出かけていったのだ。

ウィーサーは、ふだん、せいぜい人口四千といったところである。そこへ、コンテストを目当てに全国津々浦々から五千人の物好きが押しかける。町は一週間ぶっ通しで、昼も夜もないお祭り騒ぎである。人々は通りに溢れてフィドルを奏で、ＶＦＷ（海外戦争復員兵協会）ホールでダンスに興じ、〈エルクス・ロッジ〉でフライドチキンを食べ、無料で開放されたロデオ競技場にテントを張って寝泊まりする。

文字通り、全米のフィドラーたちが姿を見せる。テキサス州ポッツボロ、オクラホマ州セパルパ、ミネソタ州シーフリヴァー・フォールズ、カンザス州コールドウェル、モンタナ州スリーフォークス、その他、ありとある山間僻地の村や町からフィドラーが集まってくる。日本、アイルランド、ノヴァ・スコシアなど、よその国からもはるばるやってくる。

かつては純然たる地方の祭典で、フィドラーも見物人も、素朴な土地者がほとんどだった。髪は短く刈り、日曜日には教会へ行き、女性は慎ましく家を守り、という人種である。ところが、いつの頃からか長髪のヒッピー・フィドラーたちが登場するようになった。はばかりながら、彼らヒッピー・フィドラーたちは目を瞠るばかりの、実に素晴らしい演奏を聞かせる。何がさて、この祭りはフィドルがすべてである。

そこで、町は中学校の校庭をヒッピーに明け渡した。コンテストの審査員たちは、外部と遮断された一室で演奏だけを採点する。奏者の姿は見えず、名前もわからない。フィドルだけが評価の対象である。審査員に名を連ねる町の長老は述べている。「ああ、素っ裸だろうと、鼻に骨の飾りを突っ通していようと、そんなことは一向に構わない。フィドルさえ聞かせてくれればそれでいい。大切なのは音楽だよ」

というわけで、アイダホ州ウィーサーで月煌々の真夜中、わたしは群衆に混じって戯れた。千人からの人々が通りを埋めてギターをかき鳴らし、合唱し、みんなしてフィドルを弾いた。禿頭もいれば、膝まで届く長髪もいる。マリファナを吸っているのもいれば、バドワイザーをラッパ飲みしているのもいる。ビーズで縫い取りをしたヴェストもいれば、アーチー・バンカーのTシャツもいる。十八の若者も、八十の老人も一緒である。コルセットをした女性もいれば、ノーブラもいる。音楽は平和と善意を司るすべての神々に届けとばかり、香煙のように夜空にふくれ上がった。わたしの隣に警官がいた。正真正銘、ウィーサーの安全と秩序を守る警察官である。見れば、バンジョーを抱えている。嘘ではない。バンジョーを弾く警官がいたっていいではないか。愛器を爪弾きながら、彼はわたしに話しかけてきた。「時々は、世の中、まんざらでもない気がすることもあるよ。なあ」

まったくだ。

そんなものだろうか、とおっしゃるなら、一度お出かけになるといい。ウィーサーの町は今も健在だし、祭りも続いている。風体《ふうてい》お構いなしも以前のままである。大切なのは音楽だ。

ライオンの昼寝

サン・ディエゴには動物園を併設する野生動物公園がある。世界一、と折り紙をつける向きもある。熱烈な動物園愛好家であるわたしは、かつてここで一日を過ごした。動物園は、大人のためにはいいところだ。束の間、現実を忘れさせてくれる。例えば、キリンをすぐそばで見たことがおありだろうか？　キリンというのは、とても現実とは思えない、何とも不思議な生き物である。もし天国というところがあって、そこへ行くようなことになったら……、それもこれも、あまり当てにしてはいないけれども、神が何と思ってキリンを造ったか尋ねてみようと思う。

わたしと並んでキリンを見ていた小さな女の子も同じことを考えたか、母親に向かって質問した。「キリンて、何でいるの？」　母親は答えられなかった。当のキリンは、果たして自分がどうして地球上に生きているのか知っているだろうか？　そういうことに関心があるだろうか？　自然界の秩序のなかに自分が占める位置について考えることがあるだろうか？　キリンの舌は真っ黒で、長さが七十センチほどもある。声帯はない。

キリンは物を言わない。ただ黙々としてキリンであるだけだ。

キリンのほかに、ウォンバット（フクロググマモドキ）や、カモノハシや、オランウータンも見た。オランウータンはわたしの叔父のウディにそっくりだ。ウディ叔父も、ちょっと常識では信じられない。動物園に入った方がいい、と叔母がいつも言っていた。実際、動物園で人間も飼育展示することにしたらどうだろう？

わたしはライオンを見ながらそれを考えた。檻には雄一頭に雌六頭のライオンがいた。動物園の暮しもなかなか悪くはなさそうである。ライオンはやたらに子を産むので、動物園では全部の雌に避妊リングを入れている。だから、ライオンたちは、ただ食って寝て、毛繕いをして、種の保存には関係なくセックスをして、優雅な生活を送っている。動物園だから、食住の心配はない。医療制度や老齢福祉も完備している。葬式もちゃんと出してもらえる。まさに天国ではないか。

人間は、自分たちだけが考える動物であって、熟慮反省することをえらく大袈裟に言い立て、さもさもらしく「思索のない人生は不毛である」などと嘯《うそぶ》いている。しかし、キリンや、ライオンや、ウォンバットや、カモノハシなどを見ていると、何も考えずにのんびり暮すのもいいものだ、という気がしないでもない。動物園からお呼びがあれば、試しに飼われてみようかと思う。絶滅危惧種ということなら、わたしは充分に資格がある。それに、思索の人生も時として荷が重い。

子供連れで、動物園で人間を見ているところを想像していただきたい。広々として居心地のよさそうな檻には、葉巻の吸い殻や、コニャックの空き壜や、Tボーン・ステーキの食べ滓が散らかっている。年老いたフルガムは六人の美姫に囲まれて、日向でぬくぬくと微睡《まどろ》んでいる。子供が指さして言う。「人間て、何でいるの?」わたしは大きな欠伸《あくび》をして、片目を開けて言い返す。「どうだっていいだろう、そんなことは」と、まあこんな具合で、動物園はともすれば放恣《ほうし》な空想を誘う場所である。

ライオンも、キリンも、ウォンバットも、その他もろもろの動物も、みなあるがままに生きている。とにもかくにも、檻の中の生活に甘んじて、思索のない暮しを送っている。しかし、人間はやはり、知識を求め、物を考え、疑問を懐いて、はじめて人間である。存在という檻の鉄格子を揺さぶって、石や星に向かって「人間は何で生きるのか?」と問い続け、返ってきた答によって人生は牢屋にもなれば宮殿にもなる。それが人間のあるがままの姿なのだ。だから、動物園は見物して楽しい場所ではあるが、わたしは飼育展示されたいとは思わない。

通り抜けできません

「ノースイースト二十五丁目の謎」

半宇宙的な含みを持つ命題である。というのは冗談で、これは以前わたしが住んでいた袋小路のどん詰まりにまつわる話である。シアトル北部の丘のふもとに、ほんの二街区だけ、盲腸のように曲がり込んだ行き止まりの道だった。

もとより、町並みだの、景観だのという場所ではない。奥に何かがありそうで、つい足を向けてみたくなる雰囲気はかけらほどもない。中途半端に折れ曲がって、ついごみごみした狭い道である。エド・ウェザーズのライトバンと、その弟のGMC二トン積みの小型トラック、それに、ディルズのところの老朽したエアストリーム・トレーラーが道を塞いではいるが、九十五番通りの角に立てば、袋小路の突き当たりまで見通すことができる。

その九十五番通りの角に、袋小路を挟む格好で道標がふたつ立っている。黄色の地に黒い文字の大きな道標で、両方に同じことが書いてある。「通り抜けできません」加えて、わたしの家がある突き当たりにも大きな道標が設置されている。こちらはご丁寧に反射鏡までついた黒と白の縞模様で、「行き止まり」としてある。袋小路のまさにどん詰まりに、これがでかでかと立っている。入口の角からも、この道標はよく見える。にもかかわらず、この道に乗り入れてくる車があとを絶たない。それも、ちょっと頭を突っ込む程度ではない。曲がり込んでから、これは駄目だと悟って引き返すかというと、さにあらず。どの車も例外なく、黒字に白抜きで「行き止まり」と書いた縞模様の大きな道標の真ん前まで乗りつけないと気が済まない。

そうして、運転者たちはまるで英語のわからない外国人のように、二度も三度も道標を読み返す。それから、抜け道がないはずはないという顔で道標の左右を透かし見る。茫然として、数分間はその場に止まったきりという例もある。やがて、彼らは渋々納得して気を取り直し、道標をこすらんばかりにして車をまわす。狭いところで切りかえすから、車はどうしたってわたしの家の庭と、お向かいのポールスキー夫人が丹精を込めて育てているセンジュギクの花壇とブラックベリーの薮を少しずつえぐらないわけにはいかない。やっと車がまわりきったところで、彼らがひとつ利口になった顔でそろそろと慎重に引き揚げていくかというと、断じてそんなことはない。彼らは虎口を脱したとでもいうように、アクセルをいっぱいに踏み込んで猛然と飛び出していく。入り込んでくる車にこれといって決まった傾向はない。あらゆる人種の乗ったあらゆる種類の車が、昼夜の別なく進入してくる。パトカーも何度か迷い込んだし、一度、消防自動車が突っ込んできたこともある。

人間はもともとが疑り深くできているのか、間が抜けているのか、正直、私には何ともわかりかねる。友人の精神分析家に言わせると、これは無意識の否定願望の現れだそうである。人はみな、道路、ないし〈道〉というものはどこまでも続いていると思い込んでいる。行き止まってほしくない。だから、道標をはっきり見ていながら、行けるところまで行こうとする。自分だけは例外で、道標に何と書いてあろうと我が身にはかかわりのないことであってほしい、という気持が働いているのである。が、そうは問屋が卸さない。

そこで、わたしは考えた。この説明を印刷物にして、「行き止まり」の道標に小さな箱でも取りつけて入れておいたらどうだろう。そばにひと言、表示を出しておく。「ご自由にお持ちください。あなたが今、どうしてここにいるか、これを読めばおわかりでしょう」果たして、人はこれを読むだろうか？　いくらか情況は変るだろうか？　運転者たちは、芝生や、センジュギクの花壇や、ブラックベリーの藪に少しは気をつけるようになるだろうか？　ゆっくり引き返していくだろうか？　どうやら、あまり期待できない。

あるいは、丘の頂に看板を出す手もある。「道の尽きるところ、路傍の神殿あり。来たりて人生の究極の意味を知れ。曰く、行き止まり」

多少とも、交通事情に影響があるだろうか？

つい最近、わたしは久方ぶりで、かつて住み馴れた界隈《かいわい》を訪ねた。路地は今も行き止まりである。まわりの様子もほとんど変っていない。近所の話では、相変らず道標を信じない運転者がどん詰まりまで乗り入れ、むりやり切り返して、逃げるように走り去るという。依然、人生は行き止まりだ。そこを納得するのはなかなか骨である。

立入禁止

　ちょっとお尋ねしたいことがある。食事やパーティに呼ばれて、行った先で手洗いに立ったことがおありだろうか？　その時、化粧棚を覗きはしなかったろうか？　ただ何となく、ふーん、というほどの軽い気持でだ。そこまではしなくとも、それとなくあたりを見まわすくらいは誰しも身に覚えがあるのではなかろうか？

　わたしの友人に、進んでこれを励行している男がいる。社会学で博士号を取るために調査研究の最中である。彼に言わせれば、社会学の博士号を目指していなくたって、よその家で手洗いを借りれば、たいていは戸棚を覗く。ただ、そんなことは話さないだけである。自分だけではないか、と少々後ろめたい気がするし、変な趣味があると思われたくないからだ。違うだろうか？

　人の素顔を知りたかったら、その家のバスルームへ行くことだ、と彼は言う。抽斗や、棚や、小物入れを覗けばだいたいのことはわかる。ドアの釘にかかったローブや、パジャマ、ナイトガウンなどを見れば、人物像はあらかた見当がつく、というのが彼の持論である。個人の生活習慣、夢や希望、悲しみ、病気、道楽、さらには性生活まで含めて、相手を知るのに必要なすべてはバスルームという小さな空間に集約されている、と彼は断言する。

彼の弁によれば、人間、ひと皮剝けば誰でも似たり寄ったりの野暮天である。人類の深奥の謎がバスルームの片隅や物陰に隠されている。人はバスルームでひとりきりになり、鏡のなかの自分と向かい合う。髪を梳《くしけず》り、肌を磨いて、身繕いする。年を経てだいぶ草臥れてきた体をなだめすかして、何とか明日に備えようとする。身を浄め、用を足し、顔を作り、体臭を隠す。そして、瞑想に耽り、神託に耳を傾け、多少とも運勢が好転することを祈る。

バスルームには実にいろいろなものがある。缶、壜、チューブ、箱、薬瓶。水薬、オイル、軟膏。スプレー、ローション、クリーム、香水。石鹸、脱脂綿、汗知らず、歯磨き、歯ブラシ、毛抜き、櫛、ヘアブラシ、剃刀。その他、さまざまな薬品や、何のためとも知れない装置道具の類。電動のものもあれば、そうでないものもある。当代の奇跡が勢揃いしていると言っていい。

件の友人は、全体として、どこの家のバスルームもさして変りないのを見て、あらためて人類はみな同じ、とつくづく思ったそうである。

わたしは洞窟探検のようにバスルーム覗きを流行らせたいとは思わない。が、それはそれとして、友人の話を念頭に、我が家のバスルームを見まわしてみた。なるほど、彼の言う通りである。わたしは笑ったものやら、泣いたものやら、思案に暮れた。そこには紛れもなく、わたしの気配が漂っているではないか。

それぞれに、ご自宅の「現実の殿堂」を覗いてごらんになるといい。

因みに、今後わたしのところへおいでの節は、どうか用を済ませてからにしていただきたい。

我が家のバスルームは立入禁止である。

夏休みのアルバイト

先週のある晩、破れかぶれの若者がふたり、わたしのところへやってきた。「もう、やけくそですよ」彼らは言った。身なりは決して悪くない。清潔なTシャツとジーンズにテニスシューズで、野球帽を正しくかぶっている。「ぼくたち、十五歳です」これが破れかぶれの理由だった。夏休みにアルバイトを希望しても、十六歳未満ではどこも雇ってくれない。「一人前に見られないんですよ」片方が言った。わたし自身、覚えがある。十五は中途、人生の過渡期である。

「それで、君たち、どのくらい困っているのかな？」わたしは尋ねた。

「絶望的ですよ。金のためなら、何だってやります」

結構。ちょうどわたしは、そんな心境の人手をさがしているところだった。実は、ハウスボートを並べている隣人から、桟橋に山と積んだ薪のことでちくちく厭味を言われて、さしものわたしも腹に据えかねていたのである。薪の重みで桟橋の敷き板がへこみはしないか、と先方は疑っている。桟橋は共有財産だから、向こうも黙って見てはいられない。その上、ストーブで薪を燃やすのは深刻な大気汚染の原因で、暖房に別の手段を用いないわたしは無責任もはなはだしい。なるほど、その通りには違いない。それはわたしも承知している。だからこそ、あの薪の山ではないか。わたしはとうに薪暖房を止めている。にもかかわらず、隣人はことあるごとにわたしを詰《なじ》る。わたしの忍耐にもほどがある。

突如、薪紛争解決の妙手がひらめいた。

「君たち」わたしは破れかぶれの二人に言った。「ぜひ頼みたい仕事がある」二人は目を輝かせた。「あの桟橋に薪が積んであるだろう」

「ええ」

「あれを全部、道のこっち側へ運んでくれないか。お隣の、緑のビュイックが駐めてある。フォー・ドアの大きなセダンだ。あのビュイックに、薪を詰め込んでもらいたい」

「あんなにたくさん、トランクに入りきらないですよ」

「ああ、そうだ。だから、君たち、ビュイックの車内を薪でぎゅう詰めにするんだ。床から天井まで、シートの幅いっぱい。余った分は屋根とフードに積み上げればいい。もちろん、車を傷つけないように、気をつけてやるんだよ」

「無理ですよ、それは。ぼくたち、まずいことになっちゃう」

「仕事は夜中、ひとり頭十ドル、と言ったら、どうだ？」

「そりゃあ、やってもいいけど……。でも、もし捕まったら？」

「五ドル上乗せすれば、君たち、捕まらないようにうまくやるだろう」

「ええ、まあ」

「それに、十五歳ならまだ未成年だ。薪の置き場所を間違えたからといって、電気椅子の刑を受ける心配はない。じゃあ、頼んだよ」

忍耐強く、物わかりよく、日常の些末事にもったいらしく付き合うのはもううんざりだ。最近は、何事も短兵急がわたしの流儀である。わたしはワンマン特別機動隊だ。わたしを怒らせない方がいい。隣はわたしがデッキに薪を積んで火を放たなかったことを感謝しなくてはならない。もっとも、わたしのような善人がそんな真似をするとは誰も思うまい。わたしは努めて温厚なお人好しを装うことが長きにすぎた。が、その仮面をかなぐり捨てて、悪しきサマリア人の本性をあらわす時がやってきた。

週末、隣は留守である。たまたま、わたしは車のキーがどこか知っている。何と、ビュイックの後部バンパーの下に隠しているのだから、おめでたい話だ。隠すところをわたしはこの目で見た。間違いない。わたしは抜かりなくビュイックのロックを解除しておく。夜も更けわたって、破れかぶれで仕事を引き受けた十五歳の少年ふたりが薪を運ぶ嬉しい物音が聞こえてくる。

翌朝、起き出てみれば喜ぶべきことに、桟橋の薪はきれいさっぱり消え失せて、ビュイックはさながら動く貯木場である。上等。よくやった。隣人がこれを見て腰を抜かすところを想像すると、こみ上げる笑いを禁じ得ない。

果たしてこれは実話だろうか？

ありていは、虚実、相半ばである。少年ふたりが訪ねてきたのは本当だし、隣人とは、事実、薪のことで悶着があった。全体の粗筋が、一瞬、頭をかすめたことも否定しない。それどころか、真夜中の山場にあと一歩というところまで、ことは進んだ。若い頃のわたしなら、えい面倒と、ひと思いにやってのけたかもしれない。

だが、今は違う。悲しいかな、わたしは年を取って、分別もある。いやはや。

わたしはふたりの少年を押し止めて、なにがしかの金を渡した。が、そこでわたしは考えた。隣の男も、あれでなかなか辛辣な、知恵の働くひねくれ者だ。被害に遭えば仕返しに、ふたりを雇ってわたしの手洗いに薪を担ぎ込ませるぐらいのことはやりかねない。笑いごとではない。

思うに、わたしは十五歳の頃と同じ、破れかぶれの過渡期にさしかかっているのではあるまいか。時にこんな突拍子もない考えを懐いて、すんでのことに思い止まる始末である。

だが、しかし。ことによると。さればとて……。

生きていく間には、架空の記憶だけで充分としなくてはならない場面がある。

ふと思ったにすぎないことならば、疵持つ心で生涯を送ることもない。

聖書の行方

一時期、ハイスクールの教師を勤めたわたしは、ちょくちょく同窓会やクラス会に招かれる。場合によっては、一対一の再会となる。先週もそんなことがあった。きっかけは、クラス会に集まった教え子のひとりが寄越した電話である。「コーヒーでも飲みませんか？　どうしてもお話しして、胸のつかえを下ろしたいと思うので」

告白を聞いて、長年の疑問が氷解した。あれは、彼がハイスクールの最上級生だった時のことである。日曜の午後、教区の牧師を兼ねているわたしに、信仰上、急ぎの問題で相談に乗ってほしいと言ってきた。頭の片隅で由々しい事態を想定しながら、わたしは先を促した。「とにかく、聞こう。話してごらん」

「フルガム先生。聖書から反吐の染みを抜くには、どうすればいいんですか？」

「え？」

「困ったなあ。詳しいことは話せないけど、今晩、お袋が帰ってくるまでに何とかしないと」わたしは力になれなかった。人生に必要な知恵のすべてを、神学校では学べない。

わたしは自分の小心を認めるにやぶさかでないが、こうした厄介ごとに巻き込まれないようにするのが思慮分別というものだろう。

月曜日、事情を尋ねると、彼は話しても詮《せん》ないこと、と口をつぐんだ。あれから十年、ここに真相は明かされた。両親が家を空けた週末、彼は友だちを集めてパーティを開いたが、それこそは、親から固く禁じられていたことだった。いけない、と言われれば、なおさらやりたくなる年頃である。冷蔵庫にはビールもある。女の子のひとりが飲みすぎて、母親のベッドに横になると、たちまち吐き気を催した。ベッドに吐いては大変と、彼女は身を乗り出してナイトスタンドにぶちまけた。ナイトスタンドには、ページを開いた母親の聖書があった。

どんちゃん騒ぎの跡は拭い隠せるが、聖書の染みはどうにもならない。

一転、悲劇の主人公となったかの少年はすっかりうろたえ、禁を犯した証拠の聖書をビニール袋に押し込んだ。

その袋は裏庭に埋めた。

彼は新しい聖書を買って母親に渡し、学校の行事に必要で家の聖書を持ち出したが、バスの車内で紛失した、とでたらめな言い訳をした。母親はひどく腹を立てたが、事実を知ったら、とうていそんなことでは済まなかったろう。嘘で固めて母親の激怒は免れたものの、神はすべてお見通しである。いずれは神罰が下るに違いない。苦い体験でひとつ利口になった彼は、以後、いっさい面倒を起こさず、教会に通ってハイスクールを終えた。

十年経った今も、彼は母親にこの経緯を打ち明けていない。うっかり話したら、どんな目に遭うかわかったものではないからだ。あの聖書はただ古いだけではない。祖母から母親に受け継がれた家の宝である。聖書は今なお裏庭のどこかに埋まっている。ただ、正確な場所は忘れてしまった。場所がわかれば、母親の留守にこっそり行って掘り出すつもりだが、掘れば掘ったで、裏庭一面のクレーターをどう説明するか、これがまた頭痛の種である。

「そうだったのか」わたしは腹を抱えて笑った。「ここでわたしにできるのは、世の大人たちや、教師や親たちが、とんでもないへまをしでかしているという、例を話して聞かせることだけだ。少なくとも、似たような失敗はいくらもあるとわかって、君も気が楽になるだろう」わたしは自分の恥を語った。

彼が聖書事件でひそかに悩んでいた春、わたしは時間割が込んで息つく暇もなかった。教室は四階で、一番近い男子トイレは階段を三つ降りた一階である。ある時、授業中に急を要してその場を言い繕い、教室を飛び出して、廊下のはずれの物置へ急いだ。物置には掃除道具を洗う流しがある。ところが、流しには「排水不良」の張り紙がしてあった。さあ大変だ。もう間に合わない。わたしは手近にあったプラスチックの大きなバケツで用を済ませ、蓋をしたバケツを図工準備室に運んだ。準備室の鍵を持っているのはわたしだけである。

まずいことに、この切羽詰まった窮余の一策は実に手軽で、しかも快適だった。いきおい、次も、またその次も、と癖になったが、一週間経って、ここに新たな問題が生じた。バケツに溜まり溜まった大量のおしっこを、さて、どうしたものだろう。

放課後も遅く、学校に人気《ひとけ》が絶えた頃合いを見計らって、わたしはバケツを提げてそろりそろりと階段を下った。一階のトイレに空ける考えだった。が、それでことが済むなら、世の中、気楽なものである。階段で躓いて、あっと思った時はもう遅い。手を離れたバケツは空を切って吹き抜けを落下し、臼砲弾《きゅうほうだん》さながら、一階ホールの床に炸裂した。嘘ではない。

尾籠《びろう》、と言われれば、返す言葉もない。みっともない。まったくだ。どうぞ、何とでもおっしゃればいい。わたしほどの体裁屋が……。だが、しかし、これまでの生涯で失態を演じたことはない、でたらめをしたことはない、と言える人間が、もしいるものならお目に懸かりたい。自分で粗相の後始末をしたことのない人間がいたら名乗り出てもらいたい。それに、わたしの失敗は違法でもなければ、不道徳でもない。ましてや、罪ではない。ただ愚かしいだけである。聖書にも、罪なき者がまず石を投げよ、とあるではないか。

床を拭くのに二時間かかり、消臭剤を二壜、使い果たした。翌日、前の晩にホールで何やらえらい事故があったらしい、と周囲は話題騒然だったが、わたしは口を拭って知らぬ顔を決め、以来、誰にもこのことは話さずに歳月は流れた。

「いやあ、これが久方ぶりの再会の歓びだよ」わたしは聖書を埋めた教え子に言った。

「今だから言える、何だ、そうだったのか、という話だ」母親もまた、いつか彼に隠していたことを打ち明けるかもしれない。その時は、聖書を捜して一緒に裏庭を掘り返せばいい。

13 人生に乾杯！

バーテン修行

　真の教育は、思いがけないところで授かるものである。真の教師はそれを知っている。

　大学院に進んだわたしは、働いて学資を稼がなくてはならなかった。短い時間でいい金になる夜の仕事を捜したが、そんなうまい話はおいそれとあるものではない。切羽詰まって、わたしはあるホテルのバーテンになった。いいではないか。バーテン勤めに何の不都合があるだろう？　ところが、ここに少々問題があった。実際はともかく、当時のわたしにしてみれば、頭の痛いことだった。

　ひと口に大学院と言っても、わたしが籍を置いたのは牧師を養成する神学校である。バーテンをしていては、停学処分を食らう虞《おそれ》なしとしない。仕事が決まってから、わたしはそこに思い至った。仕事が決まってから、妻もそれを考えた。周りの友人たちもみな同意見だった。わたしは道を誤った。

　わたしは開き直って学院当局に処遇を任せる腹を決め、善は急げと、噂が広まる前に学部長を訪ねてありのままを打ち明けた。「バーテンの仕事をすることになりましたが、大学院は、この件にどう対処しますか？」

学部長は炯々たる眼光でわたしを射すくめた。後々わたしが経験豊かな教育者の識見として尊重すべきことを知った早期警戒信号だった。

「上等」学部長は大声に言った。「それはいい話だ」

「は？」

学部長は教師たちの目にわたしがいかにも危うげな未熟者と映っていることを説いた。わたしは嘴の黄色い、甘ったれで思い上がった世間知らずである。「なお悪いことに、君は何でも知った気でいる」

この時、わたしは二十一だった。

学部長は、わたしもいずれは欠陥を克服するであろうと言い、牧師になるのに本当に必要なことは、大学院の教室では身につかないと諭《さと》した。本当に知るべきことは、書物では学べない。教会から得るところはほとんどない。必要なすべては広い世間に出て実体験を積むことにある。

バーテンの仕事をすれば、それぞれに困苦を抱え、あるいは欲求を懐く大勢の人々と接することになろう。人の役に立ち、日々の糧《かて》を稼いで、かつ、身を持する努力は、充分、評価に価する。加えて、学部長は言った。牧師たる者は、必要とされる場所にいなくてはならない。日曜の朝、説経壇から舌滑らかに、毒にも薬にもならない話をすることが牧師の務めではない。バーというバーに牧師がいてもいいくらいだ。

「キリストはほとんど教会に出入りしなかった。たいていは、俗世を渡り歩いていたのだね」

学部長はわたしのバーテン稼業を体験学習プログラムの一環と見なす考えだった。実人生の第一課である。毎週月曜日、わたしは学部長と一時間の面談を義務づけられた。学部長はわたしがバーで何を学んだか借問する。何であれ、わたしが実のあることを学んでいれば単位を認める約束になった。

「かっと目を開いて、気配りに努めること。結論を早まらず、じっくり物を判断すること。有為たるべきこと」これを忘れないように、と学部長はわたしに釘を刺した。

それからほぼ三年、わたしはバーで働いた。学ぶことは尽きなかった。意外や、人はバーテン相手に進んで身の上を語ることもわかった。たいていが厄介な問題を抱えているなかに、知恵と粘りで困難を乗り越えた努力家も少なくなかった。

専門教育に付随して、バーテンの講座を三課まで履修した牧師はめったにいない。三年後、修士課程を終えたわたしを学部長は優等と評価した。バーテン試験に及第して、わたしは深く世の中を理解した。

と、そこで学部長は気になることを言った。「フルガムは、自分で思っているほどの人物ではない」

「は？」

「なに、案ずることはない」学部長は言葉を足した。「あとは年季だよ。いつかは君も、自分で思っている以上の人物になるだろう。かっと目を開いて、結論を急がず、有為を心懸けることだ」

援助

前章と同じ、バートレット学部長の話。修士課程修了を二ヶ月後に控えて勉強が忙しく、わたしはやむなくバーテンの仕事を辞めた。神学校を出た後の勤め口は決まっていなかった。わたしには妻がいて、息子はまだ乳飲《ちの》み子《ご》である。生まれてはじめて貧困に直面して、わたしは恐怖を覚えた。

背に腹はかえられず、わたしは学部長に窮状を訴えて援助を求めた。

学部長はまたしても意想外の対応を取った。

「上等」快哉を叫ぶ声もかつてのままだった。「それはいい話だ」

「は？」

「君は頑固なまでに気位の高い青年だ。並はずれて独立心が強い。それ自体は決して悪いことではないけれども、われわれ教官一同、かねてから、君はいつどういう形で救いを求めるべきか、最後まで悟らずに終るのではないかと危ぶんでいたのだよ。人を助けるのが牧師の道だ。救いを求める心を知らずに、どうして牧師が勤まるね。君もこれで、人にすがる気持がどういうものか、わかったろう」

学部長は言葉を切って、この親身な訓戒がわたしの胸におさまるのを待った。

「大学院として、君を援助しよう。君は援助に価する人間だ。が、その前に、これを聞いた時の気持をよくよく思い返してもらいたい。響きのいい言葉だな。大学院として、君を援助しよう。君は援助に価する人間だ」

この日、第二の教訓だった。

バートレット学部長は援助の手続きを説明した。わたしは卒業までに必要な生活費を見積もって、予算を組むだけでいい。学部長の秘書に予算書を提出すれば、翌日、小切手で必要額を支給する、という話である。

わたしは大いに救われて、早速、できるだけ切りつめた、それでも何とかやっていける予算を立てた。予算書を提出して明くる日、小切手を受け取りに出向くと、秘書は言った。

「お気の毒だけれど、あなたの予算、学部長は認めませんてよ」

しまった、とわたしは思った。要求額が大きすぎたに違いない。そこで、わたしは予算を見直し、かつかつの食費に、家賃と光熱費だけの数字を計上した。これ以上は削れない。削減した予算を提出して、翌日、秘書に会うと、答は前と同じだった。

「残念ね。これでもまだ駄目ですって」

わたしは納得できなかった。腹立ち紛れに、ノックもせずに学部長の部屋に乗り込んだわたしは、出るままに不平不満をぶちまけた。「援助するという約束じゃあなかったんですか。君は援助に価する、と言われたじゃありませんか。なのに、予算を認めないなんて。それじゃあ見殺しと同じですよ。いったい、どういうことですか？」

学部長はにんまり笑った。「上等。どうやら、面白くなってきた」

わたしは椅子にへたり込んだ。またぞろ、何か思い知らされるに違いなかった。

「癇癪がおさまったところで、わたしと当教育機関がどうして君の予算を認めないか、そのわけを知りたいか？」

「ええ」

「よく聞きたまえよ。君の予算には、何一つ、歓びがない。読書や音楽の楽しみは疎か、花を愛《め》でる心も、冷えたビール一杯の快楽すらもない。しかも、人に与えるものは何もない。君のような、そんなみすぼらしい人間は援助の甲斐がないというものだ」

頂門の一針とはこれだろう。

何一つ、歓びがない。

人に与えるものは何もない。

わたしのようなみすぼらしい人間は援助の甲斐がない。

第三の教訓を得て、わたしは返す言葉もなかった。

あらためて、歓びをふんだんに盛り込んだ予算を学部長は承認した。わたしがこの体験を話の種にして、これこそが本当に人に与えるべきものだったと悟ったのは、やや後のことである。

水

「お水は、何になさいます？」ディナー・パーティの席で、もてなし役の奥方は言った。炭酸水もあれば、ただの水もある。フランス産もイタリア産もある。氷河の水もあれば、深井戸から汲み上げた水もある。氷で冷やしてもいいし、常温でもいい。ライムの薄切りを浮かべるなり、レモンの汁を垂らすなり、好みは人それぞれだ。

正直なところ、何なりと、と勧められた選択の幅が限られていることに、わたしは少々がっかりした。角の食料雑貨店を覗いただけでも、三十一種類のブランドが並んでいる。国内産のほかに、フランス、カナダ、ウェールズ、ドイツ、イタリア、ノルウェー、さらにはフィージー島から運ばれた輸入物もある。由緒ある泉源や、高山の清流から採取した天然水、あるいは、ミネラルを添加した鉱水である。壜も無色透明、海の青、紺青《こんじょう》、といろいろで、いずれ劣らず意匠を凝らしたラベルが購買意欲をそそる。

これら、いわゆる「デザイナー・ウォーター」は見た目に贅沢な印象を狙ってむやみやたらに飾り立てているが、同じ批判はビールやワイン、ウィスキー、ブランデーの市場戦略にも当てはまる。映画や文学、音楽についてもまた然り。売る側の目当ては想像力の喚起、つまり、人の夢見る心に訴えかけることである。

わたしは空想を誘う水が大好きだ。

わたしが生まれる何百年も前にフランスのアルプスに降った雪が氷河となり、その氷河から融け出した水が地底深くに染み込んで清泉を作り、やがて、壜に詰められて、海を渡り、大陸を横断して、町角のコンビニやスーパーの棚に並ぶ。そんなことを思いながら飲むグラス一杯の水は格別である。

ほんのわずかな値段でグラス一杯の瞑想に喉を湿すことができるのもいい。ただ一杯の水が、自然の驚異や、産業革命をなし遂げた英知や、詩的人生観の歓びについて教えてくれる。

しかも、水は体にいい。わたしの体の、何と九〇パーセントは水である。命の源である体液に、時折り空想のひらめきを注入すると気持がしゃんとする。

これまでついに商品化されず、今後も市場に出回ることのない極上の水がある。歴史を秘める、稀少な水である。天然自然の純度とは別に、年代や、記念すべき出来事とのつながり、あるいは、今やなけなしであるということに価値のある水で、ワインで言えば最高級の部類に匹敵する。

いくつか例を挙げるとしよう。数年前、かつての教え子がギリシアはデルポイの泉から一リットルの水を届けてくれた。四世紀頃、ギリシアの貴族たちがアポロンの神託を仰いで運命を占う時に飲んだ泉の水である。わたしは四月馬鹿の日にこれを一口飲んだ。

ある年のクリスマス、妻はわたしたちが夏ごとに岸を散策する渓流の水を贈ってくれた。丁寧に濾して壜に詰めた、心づくしの誕生祝いだった。晴れた日をふたりで過ごした谷間には数々の思い出がある。わたしたちはクリスマスの晩餐に、これまでの幸せと、今の歓びを祝ってこの水で乾杯した。

わたしの知人に、コロラド河の水を大切に保存している男がいる。グレン・キャニオン・ダムが一円を沈泥に濁った湖に変える以前、あの大河が滔々と流れていた時代の水である。彼はその水の壜を、青春の日々と、今や完全に消滅したアメリカ西部の思い出のよすがに、栄達を果たした職場の棚に飾っている。壜を見ると、ひとりでに頬がほころびる。涙さしぐむこともある。

かつて、ある子供の命名式に列席した。洗礼の水は、夫婦がはじめての子宝を授かった週末のキャンプで、テントの庇《ひさし》から滴る雨垂れを集めたものだった。

またある時、結婚一周年を祝うパーティに招かれた。一年前の四月、式の日は時ならぬ大雪で、あたりは夢幻の世界だった。花嫁の父はその雪解け水を壜に取り、一年を経た記念の席で、若い夫婦に贈った。価千金である。

このような水に商品価値はない。が、これらの水は、人為では作れず、壜に詰めることもできないふたつの成分をひそかに含んでいる。夢と思い出である。口中をさわやかにする特上の水は、例外なく自家製だ。その微妙な味わいと無類の喉ごしは、心のワイン蔵を満たすに足る豊かな経験と、積極的な努力の結果である。
いざ飲まん、上げよ盃。乾杯！

緩慢療法

　このところ、妻はしきりとわたしに、健康な高齢者のことを伝える記事を読むように勧めている。妻は医師で、準菜食主義者である。海抜一万二千フィートのアンデス山中や、ロシアの辺境に文明社会から隔絶して生きている人々の暮しぶりにいたく感嘆している。ヒヨコマメや砂利を食べ、水汲みに毎日六マイル歩く人々だ。彼ら、しわくちゃで妙に悟りきったような老人たちの長寿の秘密は、着の身着のままで、風呂に入らないことらしい。わたしの考える幸せな長生きとはちょっと違う。顔は醜いし、どこやら惨めたらしく、生きることに退屈しきっているようにも見える。ああはなりたくないし、あのような人種と生涯をともにしたいとも思わない。

　思うに、長生きは自然分娩と同様、必要以上にもてはやされている。わたしはどっちもお断りだ。わたしの知っている本当の老人は、大半がどうにも始末に負えないお荷物である。もちろん、聖人に数えられるほどの母上や、神様のようなご曾祖がおいでで、矍鑠《かくしゃく》として百五十歳まで長生きされたという類の話はよく耳にする。ここは誤解のないように願いたい。わたしは、大半が、と言っているのであって、全部が全部と決めつけてはいない。

わたし個人の対応は、サード・エイド、緩慢療法である。

ファースト・エイド、救急療法ではない。これは文字通り急場の処置で、包丁で指を切ったりすれば、バンドエイドを捜して三十分も家中を駆けまわった挙げ句、結局はセロテープで間に合わせることになる。

セカンド・エイドは、例えば、インフルエンザで医者を呼ぶなど、次善の対応を言う。医者が往診に来る頃には、風邪は治っている。毛布にくるまって、優しく頭を撫でてもらい、温かいチキンスープを飲んだ後、アスピリンを服用してひと眠りすれば、たいていの風邪は退散する。

サード・エイドはわたし流の予防医学である。ファースト・エイドやセカンド・エイドのような厄介はない。わたしは妻が医大時代に使った教科書を熟読玩味した。何のことはない、症状がどうであれ、処置の手順は同じである。まずは患者を楽に寝かせ、呼吸の状態と出血の有無を確かめる。あとは、部屋を暖かくして、空気の乾燥を保てばいい。教科書ではこれをＡＢＣ診断と言っていたように思う。呼吸（Airway）、血液（Blood）、安楽（Comfort）と、三つの注意事項を守る意味である。

ＡＢＣ診断のほかに、プラシーボ効果ということがある。これは、偽薬の投与で患者の容態が快方に向かう心理効果を言う医学用語だが、早い話、どういう手当をほどこそうと、患者を苦しめている故障の三〇パーセントから六〇パーセントまでは、のんびり構えていれば自然によくなる時が来る、と理解しておけば間違いない。医者にできることは高々一五パーセントで、あとは人それぞれが持って生まれた回復力が頼りである。それが駄目なら死ぬしかない。

ならば、サード・エイドはどのように実践したらよかろうか。

何よりもまず、往診に来るのは自分の体と頭脳であることを知らなくてはならない。

ここが肝腎なところだ。

健康な時、折を見て、横になって自分を問診する。

問診の項目は、息をしているか？　血が出ているか？　気分はいいか？　の三つである。答がそれぞれ、イエス、ノウ、イエス、なら、まだ当分は大丈夫だ。そこで、次の質問に移る。自分は空腹だろうか？　喉が渇いているだろうか？　家に何か食べるものはあるか？　答がイエスなら、遠慮なく食べて飲めばいい。何もない時は、我慢する。

ひとつ大事なことがある。不必要とわかっていること、自分の体によくないと思うことは断じてしてはならない。仮にその場の成り行きで不本意なことをした場合も、文句を言ってはいけない。寝ころがって、黙って待つことだ。これは鉄則である。調子がおかしい、と思ったら、横になる。睡眠に優る良薬はない。

人体のマニュアルをよく読むことも必要である。車の仕様書を夢中で読むならば、自分の体を知ることだってできないはずはない。物の本によれば、医者の診察は、いかに注意を払い、どれほど患者の信頼を得るかに成果の九〇パーセントまでがかかっているという。だとしたら、日頃から用心を怠らず、自分の体を信用していれば、わたしは医者にかかることもなかろうと思う。

とはいうものの、本当に重大な故障が起きて医者を必要とすることになったらどうしよう？

医者へ行くことには抵抗がある。医者なら、家にひとりいる。

病院のベッドで死を迎える人の多くが、点滴の管やカテーテルでがんじがらめだと聞いている。わたしはごめんこうむりたい。肉体が脳に先立つのが理想である。ダンスの最中に感極まって倒れるか、デリカテッセンで山のように買い込んだ食料を抱えたまま死ねたら本望だ。

どのみち、百までは生きられまい。

どうか、百まで生きてほしい、などとおっしゃいませんように。

ひそかな記念日

　わたしの知人で、浴室にウォッカの壜を置いている男がいる。毎朝、髭を剃る時に、メディシン・キャビネットから壜を出して鏡の下のガラス棚に立てる。顔を当たりながら、彼は鏡のなかの自分とウォッカの壜を見くらべて考える。剃刀は昔ふうの折り畳み式である。顎の下を剃る時には、この鋭利な刃物の切れ味が意識をかすめるが、剃刀傷をこしらえたことはない。顔を剃り終えると、剃刀と石鹼とウォッカの壜をキャビネットに戻して、気持を新たに、世の中に立ち向かう。朝の髭剃りは、跪いて祈るのと同じ、現実としっかり接触を保つ悪魔祓いの儀式である。

　ウォッカの壜は半分空いている。その量を示す線が消えないインクで引いてあり、線を引いた日付が記されている。蓋はその日付の朝、きつく締めた。一月十七日。以後、壜は一度たりと開けられたことがない。日付の脇に、時間経過を表す小さなしるしがふってある。縦棒四本にスラッシュは五の意味で、さらに縦棒が四本あって、合わせて九。

近々これにスラッシュが加わって、十になるはずである。

十年前、人に隠れて日に何度も飲む最初のひと口と、ウォッカの壜を傾けて、ひょいと鏡を見ると、背後のドアが細めに開いていた。一人息子と目が合った。子供の目に涙が滲んでいた。

時間が止まった。物も言えなかった。ドアは音もなく閉じた。彼は鏡に映った自分の目を見るしかなかった。真っ赤に血走って、腫れぼったい目だった。黄疸にかかったような顔は静脈が浮き出して、年齢よりはるかに老け込んでいる。鏡から見返しているのは見ず知らずの男だった。彼は愕然とした。死にたい気持だった。

彼はAA――アルコール中毒者自主治療協会の会員である友人に電話して、その晩、はじめての集会に出席した。「わたし、エドと言います。アルコール中毒です」家に帰ると、彼はあちこちに隠していた酒の壜を、浴室の一本だけ残して捨て去った。その蓋を堅く締めて、彼は胸に誓った。「もう止めだ。きっぱり断つ。二度と酒は飲まない」

険しい道だった。なみたいていのことではない。何度となく浴室に閉じ籠もり、これを最後とほんのひと口だけ飲んで、目盛りの線まで水を足すことを考えた。髭を剃る以外の目的を胸に、剃刀の刃を見つめることすらあった。

が、その都度、戸口に覗いた息子の顔が瞼に浮かんだ。

とうとう、彼は頑張った。神と友人たち、妻、自分自身、そして、誰よりも一人息子を裏切るまい心だった。

もし許されるものならば、わたしは一月十七日に彼の浴室を訪ねたい。家族と友人一同を語らって記念品を携え、ブラスバンドを引きつれて乗り込みたい。よくやった！おめでとう！

だが、こうした記念日は当人が心のなかの教会で、ひとりひっそりと祝うのが普通である。ここに話したわたしの友人にしても、十年目をしるす線を引けばそれで充分だろう。そして、彼は自信を摑んだ穏やかな心で鏡の自分と向き合うに違いない。

嬉しいことに、一月はこの種のひそかな記念日が少なくない。

人はみな、一月に何やかやと誓いを立てるからである。たいていは挫折するにしても、なかには最後まで決心を貫く成功者がいる。新聞に名前が出るわけでもなし、証明書が交付されることもない。成功を祝う式典やパーティもない。とはいえ、成功者の数は思いのほかに多いはずである。また、彼らは意外にも周囲の多くがその成功を知っていることに驚くのではなかろうか。彼らの勝利は希望の力の証である。

大なり小なり、人格破綻をもたらす妖魔、亡霊の誘惑に打ち克って誓いを守ったすべての人々に、祝福が与えられていることを知らせたい。彼らは英雄だ。彼らの堅固な意志に勇気を得て、多くがそれぞれの戦いに立ち上がる。

新年おめでとう！

心から、記念日おめでとう。立てよ、いざ。

14 地球の片隅で

夏の夜の出来事

ある夏の夜のことである。ところは祖父の農場の、母屋のフロントポーチ。怪しげに瞬く古びたランタンの下で、わたしは年端もいかない五人の賭博師どもを向こうにまわして命懸けでババ抜きの勝負をしていた。相手は近所の顔見知りとその仲間たちである。わたしはベビーシッターのつもりだが、彼らから見れば新顔のすこぶる扱いやすいカモだった。

わたしたちはグレープゼリーをまぶしたポップコーンをつまみ、ものものしく手から手へカートンをまわして、ミルクをストレートで飲《や》っていた。みんなカウボーイハットを目深《まぶか》にかぶり、マッチの軸で歯をせせった。カウボーイハットと銜《くわ》え楊枝は決まりの型で、勝負はしかつめらしい顔でしなくてはいけない。

彼らは根っからのしたたかな勝負師で、わたしはすでに三度、続けざまにババを摑まされ、チップのマーブルチョコ、M&Mは手持ちが九つに、今賭けている四つ、と心細い状態だった。お互いに周りの目を盗んではいかさまを働いた。なかのひとりは自前のカードを持っていて、テーブルの下で巧みに札をすり替えている。証拠はないが、わたしにはそうとしか思えなかった。オオカミどもに追いつめられて風前の灯火だったわたしを救ってくれたのは、明りを求めてやってきた蛾の群である。

蛾はひとかたまりに入りみだれてコールマン・ランタンのまわりに輪を描いていた。時折どれか一匹が熱いランタンの火屋《ほや》に触れ、ジッ、という音とともにB級戦争映画の空中戦で撃墜される戦闘機のようにきりきり舞いして消し飛んだ。そのうち、一匹が輪の外に飛び出して、近くの蜘蛛の巣にかかった。蜘蛛は得たりやおうと襲いかかり、糸でぐるぐる巻きにして、哀れな蛾を生きながらむさぼり食った。あっという間のことだったが、この残酷シーンでババ抜きは中断した。グリーンベレーのレインジャーなら、絞首縄の扱いについて、この毒牙を持つ八本脚の曲芸師に学ぶところ少なくなかろうと思う。

子供たちは興奮した。なかのひとりが殺戮場面に刺激されてきおい立ち、新聞紙を筒に丸めて、飛びまわっている蛾の群に切り込んだ。強打者の打撃練習さながら、宙を舞う蛾をばったばったとはたき落とすだけではおさまらず、彼はテーブルに落ちた蛾をこれでもかこれでもかと叩きつぶした。蛾の体液がテーブルに染みを残し、もげた翅《はね》や肢が飛び散った。

わたしは敢然として蛾の擁護に立ち上がった。ランタンの明りに誘われて飛んで灯に入るのはやむを得まい。蜘蛛の餌食になるのも、気の毒ながら身の不運と諦めるしかない。しかし、少年に新聞紙で叩きつぶされては、丸腰の蛾としてはあまりにも悲惨ではないか。

「どうしてそんなことをするんだ？　可哀想じゃないか」

「だって、蛾は害虫だよ」少年は言い返した。

「それくらい、誰だって知ってるよ」別のひとりが加勢した。

「そうだよ。蛾は服を食うもんな」

　彼らを論破することはむずかしかった。蛾は悪い虫。蝶は良い虫。彼らは頑として譲らない。蛾と蝶々は絶対に違う。蛾は夜になると飛んできて、セーターを食って穴を開ける。姿も醜い。蝶々は昼間、花から花へ舞い遊んで、見た目もきれいで可愛らしい。ほかのことはどうでもいい。蚕が何をしようと毒を持った蝶々がいようと、そんなことは関係ない。かの宗教改革者、ジャン・カルヴァンも舌を巻くであろうような信念をもって彼らは蛾を断罪した。まったく、彼らに遭っては蛾の一族は立つ瀬もない。幼児の口から珠玉の知恵がこぼれるというが、由ない雑言《ぞうごん》が吐かれることもまた事実である。

　これでババ抜きは終りになった。殺し屋たちとカードはやれない、と言ってわたしは席を立った。彼らの方でも、知らないうちにこっそりグレープゼリーをひとりで食べてしまうような悪漢と勝負するのはごめんだ、と怒鳴り返した。わたしは、あんな凶暴な悪党どもに将来を託さなくてはならないとなると、人類は前途多難ではないか、と暗澹《あんたん》として眠りに就いた。

翌朝、一番年下の少年が蛾の死骸と虫眼鏡を手にしてわたしのところへやってきた。

「ねえ、この蛾、頭に毛が生えてて、テディベアに翼がついてるみたいだよ」

「テディベアは好きかい？」わたしは言った。

「うん、テディベア、好きだよ」

「頭に毛が生えてて、空を飛ぶ小っちゃなテディベアは好きか？」

「うん」少年はうなずいた。「まあね」

人を説得する気なら、多少とも用意周到を心がけなくてはならない。蛾に対する偏見を捨てて思い遣りを示せ、と言うからには、年端もいかない子供たちに対しても、もっと寛大な目を向けるべきなのだ。絹糸を吐く蛾もいる。気のきいた科白を吐く子供もいる。空を飛ぶ小さなテディベアを見ればわかる子供たちである。

祖父と星空

わたしたちはカタログ中毒に陥っている。わたしたち、というのは最愛の妻と、このわたしである。どこかのダイレクトメール発送リストに一度でも名前が載ったが最後、カタログは土砂《どしゃ》崩れのように送られてくる。特に秋口は郵便受けに入りきらないほどである。わたしたちは毎晩、食後に暖炉の前で届いたばかりのカタログを丹念に検討する。我が家にはない、見場のいい品々に溜息を吐き、世の中にはこんなものまであるのかと新しい商品に目を瞠る。その昔、シアーズ・ローバックの最新カタログが盛んに消費者の購買意欲を煽《あお》った子供の頃に返ったようである。

ある時、妻はわたしに、家にないもので本当にほしいものがあるか、と尋ねた。わたしは興味を覚えたものすべてを答えはしなかった。物欲、食欲、思いきり贅沢な夢、といった世俗のことを離れて、いつか話題は精神的な願望に移った。

ほんの一日でいいから、まったく別の人間の心と目で世の中を眺めてみたい。意識の内面に立ち入って、自分が何を知っているか探り、他人が何を見て何を考えているか、覗いてみたい。

一九八四年のある夏の朝をもう一度、そっくりそのまま繰り返してみたい。

冗談のやりとりができるまで外国語に熟達したい。

ソクラテスと対話し、ミケランジェロが〈ダビデ〉を制作している工房を訪ねてみたい。

タップダンスの名人になりたい。

百万年前と百万年後の世界をこの目で見たい。

空想はそれからそれへふくらんで止まるところを知らなかった。その場の様子はあらかたご想像いただけると思う。わたしたちは夜の更けるのも忘れて話し込んだ。そういうことは、カタログには出ていない。この種の願望は郷愁と憧憬《しょうけい》の産物で、夢の工場で箱詰めにされるのだ。

わたしが心の奥に温めている何よりも切実な願いは生前の祖父に会うことである。ふたりいる祖父は、いずれも話に聞くばかりで顔を見たこともない。父方の祖父は一九一九年にテキサスのある酒場で撃たれて死んだ。同じ年、母方の祖父は仕事に行くと言って朝早く家を出たきり、ついに帰ってこなかった。何があったのか、今もってわたしは知らない。事情を知っている人たちは口を閉ざして語らない。頭のなかのお伽噺の工房で、わたしは年老いて知恵深く、人格の大きな祖父を想像する。哲学者の風貌を具え、どこか魔法使いのようでもあり、心霊界にも通じているシャーマンもどきの祖父である。

祖父はきっとわたしに電話して、新しい太陽系の写真を見たか、と言うに違いない。地球の太陽の倍も大きく、十倍も明るい恒星〈ベータ・ピクトリス〉を中心に、無数の個体微粒子が直径四百億マイルの円盤状に凝集した世界である。惑星もいくつかあるらしい。地球からの距離は約五十光年。気が遠くなるほどの宇宙の彼方である。祖父はきっと、会いに来い、と言うだろう。わたしは祖父のところへ行き、一晩、星を眺めながら語り明かす。

金星と木星が射手座の明るいλ星と隣り合っているのが見える。南西の空高く、ペガサス座が天馬の翼を大きく広げている。ほぼ真上にアンドロメダ星雲がぼんやり影を浮かべ、銀河は夏とは向きを変えて東西に長く横たわっている。星が流れて、祖父は一九一〇年に見たハレー彗星の話をはじめる。この年の五月十八日から十九日へかけての夜、おそらくは人類の歴史を通じて最も多数の人間が体験したであろう出来事の模様を、祖父は遠い記憶を手繰りながら聞かせてくれる。彗星の出現を瑞祥《ずいしょう》として歓迎する人々がいる一方、これを凶兆として恐れおののく人々がいて、世界は真っ二つに割れたという。祖父はわたしに、今度またハレー彗星が接近する時には、自分に代ってよく見るように、約束を求めることだろう。

明け方近く、わたしたちは上天を支配するオリオン座のことを話し合う。美男の狩人オリオンは、輝星ベテルギウスとベラトリクスを両肩に、三つ星の腰帯には星雲を飾り、リゲルとサイフの両足を踏んばって、天空で最も明るい星、シリウスを見据えている。

祖父とわたしは、人間は遠い遠い昔から同じ星を見上げて同じことを考えてきたのだ、と感慨を新たにする。宇宙には、わたしたちと同じような住人がいるのだろうか。どんな姿をしているかは知らないが、彼らもやはりこうして星を眺めているのだろうか？　宇宙から見る地球は輝いているだろうか？　地球は別の世界の夜空に浮かぶ星座に位置を占めているだろうか？　宇宙人たちの想像を誘い、好奇心を掻き立てるだろうか？　きっとそうに違いない、と祖父は言う。地球と、そこに住むわたしたち人類は、信じられないほど素晴らしいものの一部なのだ。宇宙とは、想像以上に、いや、われわれの想像などおよびもつかないほど、それはそれは素晴らしい、驚異に満ちた世界なのだ。だから、人間は自分たちの場所を失うことがないように、時々こうして星を眺めなくてはいけない。話を締めくくって、祖父は寝室へ引き揚げる。

祖父は誰からも慕われることだろう。祖父の方でもまた、分け隔てなく人と親しくすると思う。今どこにいるか知らないが、まずは敬老の日を祝うとしよう。もし、わたしの祖父にお会いなら、いつか一緒に星を見に誘ってくれるようにおっしゃるといい。ついでに、わたしから、クリスマスに会えたらこれほど嬉しいことはないのだが、とお伝えいただきたい。

日常の小さな奇跡

これはわたしが手本と仰ぐ祖父の話である。先週の火曜日、祖父が電話で、フットボール見物に連れていってくれないか、と言ってきた。祖父は田舎町のハイスクールのフットボールが大好きだ。それ以上に、人数も満足に揃わないような素人チームの試合には目がない。何ごとにつけ、祖父はアマチュア贔屓《びいき》で、片隅のささやかな世界が好きである。世のなかには、悪者が得をするとは何たることか、と憤慨し、どうして善人が悲運に見舞われるのか、と慨嘆する人たちがたくさんいる。だが、わたしの祖父はもっぱら平凡な庶民の身の上に起こる奇跡に関心を傾ける。ことほどさように、祖父は片隅の思想に徹している。

地図にも載っていないような小さな町の、有象無象《うぞうむぞう》を寄せ集めた名もないチームが負けてもともとと、真新しいユニフォームも眩い大都市近郊の強豪チームに試合を挑み、目も覚めるばかりのロングパスで相手ゴールに迫ったと見るや、小粒なフレッシュマンのタイトエンドが立て続けに得点して堂々の勝利をおさめたら、誰だって痛快に思わずにはいられまい。奇跡は起こる。

「失敗の可能性があることは必ず失敗する」としたマーフィーの法則も常に正しいとは限らない、と祖父は言う。時として、宇宙の基本法則が何らかの理由で機能せず、することなすことが図に当たって、もう、どう転んでも悪いようになるはずがない、と気が大きくなる場合がある。それに、ロングパスやスラムダンクといった派手なプレーばかりが勝機を生むわけでもない。いたるところに、小さな奇跡の舞台がある。

洗い物をしている時、手が滑って流しに落としたグラスが九回も跳ね返ったのに、縁も欠けずに無事だった、といった経験がおありだろうか？　車のライトを消し忘れ、一日の仕事を終えて戻った時にはバッテリーが上がっていたにもかかわらず、たまたま坂の途中に駐めてあったため、そのまま転がして、イグニッションをまわすと一発でエンジンがかかって天にも昇る心地を味わった、というようなことがおありだろうか？　十年分のがらくたを溜め込んだ抽斗を開けた拍子に勢いあまってすっぽ抜けてしまい、あわや中身を床一面にぶちまけるかというところを膝で押さえて、人気者の芸人、グレート・ズッキーニ張りに片足跳びをしながらも事なきを得た、という体験がおありだろうか？　そんな例を数えだしたら切りがない。交差点のニアミスでひやりとしたこと。ミルクをなみなみと注いだグラスに肘が当たって、テーブルの端まで弾き飛ばしてしまったのに、ミルクは一滴もこぼれなかったこと。休日をすっかり忘れていて、それで入金が間に合って小切手が不渡りにならずに済んだこと。胸のしこりが検査の結果、良性とわかったこと。心臓発作かと思ったのが、げっぷひとつでけろりと治ったこと。渋滞のなかで、たまたま乗り入れた車線がすいすい流れていたこと。車の三角窓から針金でロックをはずすことを試みて、たった一度で成功したこと等々、いくらでもあるだろう。

平凡な日常の暮しのなかで、平凡な庶民の身に起こる小さな奇跡。最悪の事態にはいたらなかった、というだけではなく、まさかと思っていたことが実現した時の喜びは何ものにも替え難い。

わたしの祖父は毎晩ベッドに入る時、今日も一日食いはぐれず、人から食い物にされずに過ごせたことを神に感謝するという。

その祈りの文句をわたしは知っている。「横になって目をつぶる。われわれ、世のなかではその他大勢だが、そんな者にもありあまる恵みが与えられている。おかげで今日も無事に終った。有難いことだ。アーメン」

心のなかの家族

祖父について語るのはいささか気恥ずかしい。読者はわたしの話に少なからず面食らっておいでだろうと思う。かく言うわたし自身、いくらか頭がこんがらかっている。前の章をお読みになって、わたしの語る祖父は現存だろうか、と首を傾げる向きがあったとしても無理はない。久しい以前に亡くなった祖父はともかく、行方を絶ったというもうひとりの祖父はどうなったろうか？

わたしとしては、あの祖父は現存するようでもあり、しないようでもあり、それはわたしが何を「現実」とするかにかかっている、と答えるほかはない。しかし、切実な願望が高じて、いつか心のどこかで現実になったとしても害はあるまい。ピカソは言っている。「想像に描くことのできるものはすべて現実である」わたしには、これがよくわかる。いなくなったもうひとりの祖父は、言うなれば、思慕と想像の綾織りである。

思うに、肉親や親類というのは、たいてい想像のなかに生きているのではなかろうか。父、母、兄弟、姉妹、その他の類縁たち。特に、故人や、日頃めったに会わない相手についてそれは言える。こちらが知っているのは各人のほんの一面だし、それとても、ありのままかどうか、保証の限りではない。人は知っていることだけを自分の好みや事情で継《つ》ぎ接《は》ぎして、心のなかの家族というカウチの上掛けに仕立てているのである。つい最近も、親類のひとりについて、身内の七人と個別に話し合ったが、それぞれに言うことが食い違っていた。記憶は作られる。話者の数が多ければ、その分、矛盾が生じて不思議はない。わかりきった話である。

それどころか、わたしたちは自分自身をも想像で作り上げている。現実の自分と、こうありたいと思う姿を扱《こ》きまぜて、かくあれかしという自分を描き出す。どうしてそういうことになるのかよく説明できないが、これは事実であって、知っておいて損はない。ここが面白いところで、理想の祖父像を思い描くことによって、わたしは自分が望まれる祖父になる準備をしていると言えば言える。今の自分を叩き台にして、何とかわたしなりに最善を求める方便だ。これがわたしの準備の仕方である。

前にこれを書いた時、わたしはまだ祖父ではなかった。

今は孫七人の祖父である。

わたしの祖父について語ることが、今では祖父であるわたし自身を語ることになっている。

よくも悪しくも、これが今を生きるわたしの現実である。

15 勇気と信念

マザー・テレサ

マザー・テレサは一九九七年に物故した。

わたしがこの一文を書いたのは二十年前である。

当時の感慨は色褪せ、文章の中身は古び、マザー・テレサの記憶も薄れかけていることを考えて、新編でいったんはこの章を削除した。それをここに復活したのは何故か。没原稿のなかにこの文章があることがどうしても気になって、わたしは何度も読み返した。思えばこれは、マザー・テレサの話というよりも、わたしを含めて、私欲と自己犠牲の葛藤に悩み、解決を求めている人間すべての話である。自身と他人、そして社会全体のことを同時に考えるのは、際限のない苦行である。

かつて、ひとりの女性が長いこと、わたしの心の平安を根底から揺るがした。彼女はわたしを知らなかったが、何かにつけて絶えずわたしを煩わせた。お互いの間に共通す

るところはほとんどなく、彼女はわたしよりはるかに年配だった。ユーゴスラヴィア育ちのアルバニア人で、ローマ・カトリックの尼僧だった彼女は、当時、貧困のインドで暮していた。人口抑制や、社会や教会における女性の地位といった大きな問題で、わたしは彼女と意見が違った。「神が望むもの」について、彼女のあまりにもナイーヴな発言を聞くと、わたしはほとほとうんざりした。わたしに言わせれば、神の代弁者をもって自ら任じる人間は、むしろ害が大きい。彼女とその信奉者たちがわたしは腹に据えかねていた。彼女たちはいかにも敬虔だが、ひとりよがりが鼻持ちならない。彼女の名前を聞き、発言に接し、顔を見るたびにいらいらして、わたしは彼女の話もしたくないほどだった。彼女はいったい、何様のつもりだったろう?

それはさておき、わたしの仕事場の隅に流しがあって、正面の壁に鏡がかかっていた。わたしは一日に何度も鏡に向かって身繕いをする。鏡の脇にその厄介な年配女性の写真が貼ってあり、鏡の前に立てば、厭でも彼女と向き合うことになった。彼女の顔に見たものはとうてい言葉に尽くせず、そこからわたしは、口で言う以上に、はるかに多くを理解した。わたしの意識と生活から彼女を締め出すことは、何としてもできなかった。

写真は一九八〇年十二月十日に、ノルウェーのオスロで撮られたものだった。その時の様子をざっと話しておこう。色褪せた青いサリーをまとい、すり切れたサンダルを履いた、小柄で猫背の女性がある賞を受賞した。賞はノルウェー国王からその女性に手渡された。ダイナマイトを発明した化学者の遺志によって創設された賞である。ヴェルヴエットと金とクリスタルに飾られた絢爛《けんらん》たる式場には、ブラックタイや盛装の貴顕紳士淑女が居並んでいた。世界中の名だたる富豪、各界の有力者、優れた業績を残した科学者や知識人にかこまれて、サリー姿でサンダル履きの小柄な老婦人が中央に進み出た。マザー・テレサ。インドで貧困と飢餓と病気に苦しむ人々のために献身するマザー・テレサにノーベル平和賞が贈られたのである。

式場の全員が起立し、マザー・テレサはノーベル賞の歴史を通じて最も盛んな拍手と祝福を受けた。

世界中の誰ひとり、マザー・テレサほどの力を自在に操る鍵を持ってはいない。大統領も国王も、将軍も科学者も法皇も、銀行家も実業家も、企業カルテルも石油会社も、アヤトラも、その意味ではみな同じである。どんな富豪も、マザー・テレサの豊かさにはかなわない。何となれば、マザー・テレサはこの世の害悪にめげることのない黄金の武器、慈愛の心を力とし、人が生きている限り尽きることのない愛憫《あいみん》の情を武器としているからである。

マザー・テレサと同じことを、同じようにしろと言われても、わたしにはできないし、その意思もない。しかし、世界という舞台におけるマザー・テレサの存在はわたしに、いったい、何を、いつ、どのように行う気か、と問いかけている。

それから数年後、量子物理学者と神秘神学者の合同会議が開かれたボンベイのオベロイ・タワーズ・ホテルで、わたしはマザー・テレサと間近に会った。会議場の入口で、人の気配にふり返ると、そこにマザー・テレサがひとりぽつんと立っていた。今しも、会議の来賓として講演するところだった。

マザー・テレサはついと演壇に上がり、学術会議を倫理的行動主義の実践の場に変えた。水を打ったように静まり返った聴衆を前に、マザー・テレサは落ち着いたよく通る声で語った。「わたしたちは、大きなことはできません。ただ、大きな愛をもって小さなことをするだけです」

マザー・テレサの生き方と信仰の矛盾などは、わたしにくらべたら何ほどのこともない。わたしが人間ひとりの無力を痛感して焦っている間に、マザー・テレサはたったひとりでどんどん世界を変えていく。わたしがもっと力と才覚があればと思っている時、マザー・テレサはあるがままの力と才覚を活かして、その場その場でできることを実行している。マハトマ・ガンディも敬服を惜しむまい。ガンディにはガンディ一流の特異な思想と手法があった。時に矛盾があったかもしれないが、ガンディもまた信念を貫いた行動者である。

マザー・テレサはさんざんわたしを悩ませ、かつ、何かにつけてわたしを鼓舞した。それは今も変らない。

マザー・テレサは、わたしにはない何を持っていたのだろうか？

もし、人の善意に支えられた真の平和が実現するとしたら、それはマザー・テレサのような女性たちのおかげだと思う。この冬、何千何万という女性が街頭を行進する光景を見て、わたしは胸の内でうなずいた。平和は願うものではない。自分たちで作り出すものである。平和は行いであり、人のあり方である。平和とは、与えることである。それぞれが、今いるところで、できることからはじめ、順送りに広げていけばいい。

マザー・テレサはすでに故人である。

だとしたら、この章は割愛した方がよかったろうか？

わたしが自分と他者と社会全体について、すっぱりと結論を出せないことを理由にこの章は削除すべきだろうか？

だが、それこそが一番の問題ではないか。

マザー・テレサと、その存在が意味するものは、時代遅れでもなければ、色褪せた記憶でもない。

時代が移っても、常に新しい問いかけである。

マザー・テレサひとりの問題ではない。人類すべてが、この問いを突きつけられている。

16 生きている限り

反省

『人生に必要な知恵はすべて幼稚園の砂場で学んだ』を上梓《じょうし》して以来、実に多くの読者から同じ質問を受けた。「すると、幼稚園を出てからは、何も学ばなかったのですか？」

もちろん、そんなことはない。時間と経験だけが教えてくれることを、わたしは学んだ。中年を過ぎ、時間と経験に理解力を養われて、はじめて出逢える教師がいることも知った。ここに集めた文章は、わたしの人生の編年史であり、報告書である。六つの時からひたすら学んで知恵が増したなかで、とりわけ心に深く刻まれていることがある。

何事も、遠くからの方がよく見える。

人と仲直りしたら、すべてを水に流さなくてはならない。

物事はすべて人生の培養土である。

「彼ら」という存在はない。「われわれ」がいるだけだ。

考えたことをそのまま信じるのは間違いである。

人はどんなことにも馴れる。

時には、見た通り悪いこともある。

いつも「お休み」のキッスをする相手がいるのはいいことだ。


これらの箇条を〈幼稚園のクレド〉に加えるとしよう。

まだほかにもいろいろあるが、うまく伝える自信がない。近頃、知っていながら表現できないことがよくあって、ややともすれば戸惑いがちである。言葉を超えたどこか向こうに、やっと理解が仄《ほの》見える。その全体像はアインシュタインですらついに記述することのなかった、曰く言い難い統一場理論にも等しかろう。つまるところ、わたしはただ直観でこれを把握するしかない。

かつてわたしは、正確な言葉で物を言うことが何よりも大切と考えていた。今は言葉が、しょせん、正確ではあり得ないことを知っている。本当の人生は常に「工事中」である。もはやわたしは、文法や、比喩について人と論じ合おうとは思わない。肝腎なのは行動であって、言葉にさほどの意味はない。クレドなどはどうでもいい。問題は実人生である。人の考えや夢を聞くことはない。人生という、人それぞれの仕事にわたしは興味がある。おわかりだろうか？　だとしたら、行動を示していただきたい。

とはいうものの、わたしは自分が生きた矛盾のかたまりであることを百も承知している。わたしの仕事も、なお未完である。

F・スコット・フィッツジェラルドは言った。「物書きという人間集団がいるわけではない。彼らはひとかどの人間たろうと志しているその他大勢である」わたしも、まさにそんなひとりだ。わたしの書くものに通底する主題が〈変形〉である理由がここにある。知識、感情、意思の調和した人格を強く志向するならば、いずれは自他の人生に変化をもたらす。わたしは常々、自分の語るところに忠実であろうと心がけている。

最後に、今わかっていることを前に知っていたら、あの時、自分はどうしただろうか、という問題でさんざん苦しんだ経験から、わたしに答えることのできる質問がある。

「もう一度、人生を与えられるとしたら、どう生きるか?」

これまでの生涯をとくと反省し、あらゆる可能性を考慮して、わたしは言う。この生き方を変えることはない。

――ロバート・フルガム、六十五歳

コーダ

本の終り方でわたしが好きなのは、終りがないことである。ジェームズ・ジョイスの『フィネガンズ・ウェイク』は文章の途中で、句読点もなく、何の説明もないままぷつんと終っている。一部には、この尻切れの文章は冒頭の未完の文章とつながって、作品全体が輪廻をなすことを暗示している、と言う学者もいる。その通りだと思う。わたしはこういうのが大好きだ。

わたしは今ここにいる自分が、どこから来て、どこへ向かっているのか、思索を繰り返す周期の一波として、再読三読の上、本書を改訂増補した。この先、万事順調なら、わたしは思索の螺旋をたどって、いつかまた『幼稚園』に立ち戻り、そこでロバート・フルガムは職業を問われると、哲学者と答えることを常としている。そして、自分は身のまわりの何気ないことについて深く考えるのが好きなのだと説明する。考えたことを、フルガムは文章にし、話し、あるいは、絵に描き、とその内容に最もふさわしく思われる形で表現する。フルガムはこれまでに、カウボーイ、フォーク・シンガー、IBMのセールスマン、画家、牧師、バーテンダー、画塾の教師などの職業を体験し、その間に父親の責任も果たした。

訳者あとがき

　本書は一九八八年秋の発売以来アメリカで広汎な読者の支持を得て、今なおベストセラーの上位を保っているロバート・フルガムの *All I Really Need to Know I Learned in Kindergarten* の全訳である。本文を読めばわかるとおり、これは巻中の一文をほぼそのままに書名としたもので、副題に Uncommon Thoughts on Common Things とある。ありきたりのことに関するありきたりでない考察、というほどの意味と解してよかろうが、人間、幼稚園さえ出ていれば、と読むことのできる表題のあとにこの言葉が添えられているあたりに、すでにしてただならぬ気配が漂っている、と言ってはいささか先走りがすぎようか。

　著者ロバート・フルガムは牧師だが、一九三七年生まれというから、ビートとヒッピーに跨がる世代で、アメリカ社会を揺さぶった大きな変化の波の只中で青年時代を過している。一時期日本の禅寺で暮したこともあり、また、巻末の紹介からも窺われるように、さまざまな職業を体験して世の中や人間を多角的に眺めることを知っている複眼の持ち主である。視野が広く、精神が柔軟なのは当然とうなずける。旺盛な好奇心と明朗な気質は生来のものであろう。そんなフルガムの目をもってすれば、大方の看過して顧みない家常茶飯の事どもに発見の種は尽きない。その発見の驚きと喜びを分かち合う心で、フルガムは万人向けの平易な言葉と巧みな話術で語っている。本書がありきたりであってありきたりでない所以である。

人前で話すことが仕事の大きな割合を占めていたフルガムは、日頃から雑学を仕入れては心覚えに文章を書き溜めていた。本書の柱となっている幼稚園の一節は、やや遡《さかのぼ》って一九八六年、自身教鞭を執《と》ったことのあるシアトルのさる小学校で卒業式に児童、父兄を相手に披露した話であると伝えられている。

たまたま父兄の中にワシントン州選出共和党の連邦上院議員ダン・エヴァンズがいた。フルガムの話に大いに共感を覚えたエヴァンズ上院議員は著者からスピーチの草稿をもらい受けてワシントンDCに持ち帰り、連邦議会議事録にこれを掲載した。フルガムが文中で述べている、幼稚園のくだりが独り歩きをはじめたきっかけである。

〈クレド〉と銘打ったフルガムの処世訓に心を打たれたのはエヴァンズ上院議員だけではなかった。〈カンザス・シティ・タイムズ〉が議事録を引用したのを皮切りに、全国的に人気のある身の上相談コラム〈ディア・アビー〉のアビゲイル・ヴァン・ビュレンがちょっといい話として紹介し、〈リーダーズ・ダイジェスト〉もこれを転載した。サウスウェスタン・ベル電話会社は電話料金の請求書の余白にフルガムの〈クレド〉を刷り込んで加入者に送付した。これだけで実に九百五十万のアメリカ市民が幼稚園で学んだ人生の知恵を思い出した勘定であるという。市民たちの多くが、なるほど、とうなずき、そのとおりだ、と手を叩いた。企業や学校、教会その他もろもろの組織がフルガムの〈クレド〉を掲示板に貼り出した。家庭でこれを紙に書いて冷蔵庫の扉や壁に掲げることも流行した。全国から、地域のミニコミ紙に転載の許可を求める手紙や、エプロンのアップリケに〈クレド〉を使いたいといった個人的な承諾願い、そして、このメッセージに慰められ、あるいは、励まされたという感謝の手紙がフルガムのもとに寄せられるようになった。まだ本書が形もなかった頃のことである。種々の会議や式典で人々は挙《こぞ》ってフルガムの言葉をスピーチに取り入れた。フルガムは無名の説教師にすぎず、すでに〈クレド〉の出典も定かでなくなっていたせいで、剽窃《ひょうせつ》騒ぎが起こる一幕もあった。この静かな大反響が今ではフルガム現象とまで呼ばれるようになった本書への熱狂的な賞讃の先触れだった。やがて、ある学校で刷り物にして生徒に配った〈クレド〉が出版エージェントをしている母親の目に止まり、フルガムの文章を編んで本書が上梓されることになった経緯は文中に語られているとおりである。ニューヨークでも最大手の一つに数えられる書肆ランダム・ハウスの系列出版社ヴィラード・ブックスの手で刊行された本書はたちまち全米各書評誌のベストセラー・リストに躍り出て、昨一九八九年末までにハードカヴァーで百二十万部を突破し、ペーパーバックの初版が何と二百五十万部という桁はずれのスケールでますます洛陽の紙価を貴からしめる勢いである。

いったい、何がこれほどまでにアメリカの読者の心を捉えたのだろうか。著者ロバート・フルガム自身が〈ダラス・タイムズ・ヘラルド〉紙の質問に答えて語っている。「二十世紀というこの複雑な時代と厳しい社会にあって人々は一種の強迫観念に取り憑かれている。あらゆる面でもっともっとと急き立てられている。しかし、現実には、そうした要求なり欲求なりが満たされることはない。それが自己否定や絶望を招き、厭世観を生む結果となっている。そんな時に、ごく当たり前で、単純で、しかも、もっともだ、と思える話は誰にとっても救いなのだ。この本は、人が生きて行く上で必要なことをわたしたちはみんな、充分に知っているし、お互いに思い遣りをもって、手を繋ぎ合って行けば大丈夫だということを語りかけている。それが読者に安心を与え、世の中、捨てたものでもないという慰めになっているのではないだろうか」

むろん、本書の魅力はそれだけではない。

何もかもが極端を目指す中で、自分の価値観の尺度に確信を持てない現代人が「物差しの目盛りは人それぞれであって、違いがあって不思議はない」とフルガムが言い「大切なのは目盛りを同じにすることではなく、違う目盛りがあることをお互いが知り合った上で行動の歩幅を合わせることだ」と語る声に救いを感じたとすれば、それはまったくそのとおりだろう。が、そのとおり、と受け取られるには著者一流の巧みな話術が大きく物を言っていることに注目しなくてはならない。巧みな話術は引用され、模倣されることを常とする。先に触れたフルガム現象とはまさにこれである。本書には引用者が共感にことよせて自己主張するのに都合の好い、便利な言葉が随所にちりばめられていることに炯眼の読者はすでにお気づきであろう。なかんずく、幼稚園の〈クレド〉はその最たるものと言える。

例えば〈ワシントン・タイムズ〉のコラムニスト、キャロル・ランドルフは早速フルガムを援用して言う。「レーガン大統領は毎日欠かさず昼寝をするところを見ると、幼稚園で学んだことをすべて忘れてしまったわけではないらしい。さりながら、公民権運動に対するレーガン大統領の態度を見て、ずるをしないことという原則を忘れているのではないかと恐れる向きは少なくない。かく言うわたしもその一人だ。今回の大統領選挙を通じて、両候補が幼稚園の教えをほとんど忘れていることは明らかとなったが、選挙に勝ったブッシュ氏について言えば、少なくともフルガム原則の三項目を守ろうとする意思は窺われる。すなわち、ちらかしたら自分で片づけること、使ったものはもとに戻すこと、人を傷つけたらごめんなさいと言うこと、である……」

本書がはじめから、世の中によくある体の警句集や金言集を意図して編まれたものならば、人々はまず見向きもしなかったはずである。思うに、幼稚園の〈クレド〉に新鮮な感動を覚えた時、アメリカの市民たちはフルガムの言葉に「王様は裸だ」と叫ぶ少年の声を聞いていたのではあるまいか。だが、フルガム自身は決して大声で叫んではいない。フルガムの話術は壇上からかくあるべしとふりかぶる演説、講演のそれではなく、膝を交えた座談の話術である。そこには澄んだ目を通した観察と奔放な想像、そして何よりも自由な精神がある。柔軟な発想が本書に明るいユーモアを添えていることは疑いを入れないが、その笑いがフルガムの楽天的な性格から来るものかというと、必ずしもそうではない。幼稚園の〈クレド〉の中でフルガムははっきり、人間は死ぬものだ、と言っているのだ。そう思って本書を眺めてみると、死のイメージが描かれている場面が少なくないことに読者は気がつくはずである。人間は必ず死ぬ。だからこそ、限りある生に人それぞれが自分なりの意味を見出す必要がある、とフルガムは考えている節がある。人間、この矛盾に満ちた存在、と困惑の色を浮かべながら、あらゆる矛盾をそのままに人間を全肯定するフルガムの静かな眼差しの奥に無常観を読み取ったところであながち無理とは言われまい。〈シアトル・タイムズ〉のインタヴューに答えて、フルガムは語っている。「わたしはいつか自分の墓の前に立って生涯をふり返ることになるだろう。そこでわたしは考える。自分はどんな人生を送ったろうか？　省みてよしとすることができるだろうか？　もっと芝刈りに精を出すべきだった。毎日自分できちんとベッドの支度をするべきだった、というような悔いが残るとは思わない。しかし、もっとたくさんの人々と知り合いたかった、もっと本を読んでおくべきだった、もっとほかにするべきことがあったのではないか、といった気持を抱くとしたら、それは残念なことだ」

ここにおいて、現世を生きる人間に対するフルガムの信頼は揺るぎない。この人間信頼ゆえに本書に託されたフルガムのメッセージはあらゆる身分、階層、人種、年齢を超えて多数の読者の琴線に触れたとも言えようか。人はその立場によってここから受け取るものはいろいろであろう。が、とまれかくまれ〈ボルティモア・サン〉紙の書評子が指摘するとおり「混迷の現代アメリカ社会に過剰なストレスを負って生きる人間にとって本書は得難い一服の清涼剤」として歓迎されている、というのがフルガム人気の実態であることは間違いない。

考えてみれば、社会の混迷は何も現代アメリカに限った話ではない。それは日本も同じであって、世紀の曲がり角にさしかかった今、この国はちょうど振り子がいっぱいに振れて向きを変えるにも似た転換期を迎えようとしている。古い秩序はやがて崩壊し、新旧の価値観が相克する時代である。日本はこれまでにも何度か転換期を体験している。かつて、経済の発展に伴って社会構造に変化が起こり、政治の上でも公家と武家が権力を競い合って世の中が動揺した時代があった。中世と呼ばれる十四世紀半ばのこの時代に、一人の下級貴族が出家遁世して山里に籠った。彼はフルガムと同様、無常観を内に抱きながらも大変に好奇心の旺盛な男で、卓抜なユーモアのセンスを具えていた。ある時、彼は思い立って日ぐらし硯にむかい、心にうつりゆくよしなし事をそこはかとなく書きつづった。自身の見聞、折りふしの偶感、生活の知恵、などを集めたこの随筆は、はじめから読者を想定して書かれたとも思われないが、いつしか人の知るところとなり、流布本も多く刊行されて後世に至るまで広く愛読されることになった。現在では、矛盾に満ちた世の中や、見通しのむずかしい人生を凝視し、真摯諧謔とりまぜて、人間とは何かを鋭く問いかけた味わい深い思索の書として日本を代表する古典文学の一つに数えられている。およそ義務教育を終えた日本人で『徒然草』の少なくとも書名を知らない人は一人もいないはずである。

中学ないしは高校で必ず教材に使われるため『徒然草』と聞いただけで逃げ出したくなる読者が多いのではないかと恐れずにはいられない。が、そこはフルガム先生の手前もあるから、しばらくお待ち願いたい。

何と驚くべきことか、喜ぶべきことか、わが『徒然草』とフルガムの本書の間には一脈も二脈も通じるものがあるではないか。フルガムにくらべて、出家遁世した吉田兼好のほうがより傍観者に徹しているのは当然としても、群衆の外に身を置きながら人間に親近感を抱き、世俗を肯定的に眺める視線は両者に共通するところである。明朗闊達な精神と自由奔放な発想で卑近の対象から深い思索に分け入っていく姿勢も同じなら、秀逸な話術も二人が等しく発揮する個性と呼ぶべきものである。

フルガムは、人生に必要な知恵はすべて幼稚園で学んだと言い、その中で、人間は死ぬものだと喝破している。フルガムの寛容な思想の根底に、人生とは死支度だという達観があることはこの点からも明らかであろう。「死は前よりしも来たらず、かねてうしろに迫れり。人皆死ある事を知りて、待つことしかも急ならざるに、覚えずして来たる」と兼好が言い、「されば、人、死を憎まば、生を愛すべし。存命の喜び、日々に楽しまざらんや」と語る言葉の何とフルガムの考えに似ていることだろう。こんなふうに両者の類似を捜しはじめると切りがないのだが、例えば、靴直しの職人がフルガムの靴の修理を断わったメモに「あらためて益《やく》なき事は、あらためぬをよしとすなり」という兼好の言葉そのままのことが記されているくだりなど、職人シュウォーツは『徒然草』を知っていたのではないかと思いたくなるほどなのだ。

いや、両者の共通点を数え挙げることがこのあとがきの趣意ではない。七世紀近くを隔てて文化の異なる世界で書かれた二つの文章に似たような言葉を発見したからといって、だから人間みな同じ、などと無邪気に喜んでは短絡のそしりを免れまい。とはいえ、フルガムに寄せられた絶讃の中には、この本がそもそものはじめから古典たるべき要素をもっているとする指摘があることは見逃せないように思う。フルガムが基本的なところで人間の真理を衝いて大衆の心理を捉えたのは事実であり、兼好も同じ意味で古典として連綿と読み継がれているからだ。知識人の筆の遊《すさ》びであったものが、はるかに下って江戸時代には庶民の処世のよりどころにまでなったと言われているが、フルガム現象にも明らかにそれに似た側面が見受けられる。江戸時代には目に一丁字ない職人たちのために手紙の代筆をしたり、身の上相談を引き受けたりする年老いたインテリ崩れがどこの町内にもいたのである。石門心学の看板をかかげていたかの紅羅《べにら》坊名《ぼうな》丸《まる》などもその一人で、彼らは庶民に人生の知恵を授けるに当たって大いに兼好の受け売りを重宝がった。日ぐらし硯に向かっていた兼好は明らかに文字文化の担い手だったけれども、その思想の普及には口承文芸の伝播者でもあった町内の語り部たちの話術の貢献があったのだ。そう言えば、フルガムもまた座談の名手である。フルガムは紅羅坊名丸の話術をもって兼好の思想を語ったと言えないこともない。それかあらぬか、本家アメリカではこの書が著者自身の朗読によるカセットテープで売り出されている。

フルガムは洗濯が好きだという。日本には古来、命の洗濯という言葉がある。人間の洗濯ができる洗剤はないものか、とフルガムは言っているが、本書を著わすことによって図らずも彼は多くの人々の命を洗濯したのではあるまいか。

池　央耿

一九九〇年四月

決定版訳者あとがき

『人生に必要な知恵はすべて幼稚園の砂場で学んだ』旧版の刊行は一九八八年、邦訳の初出は一九九〇年五月である。以来、同書は二十八言語に翻訳され、百三ヶ国で累計七百万部という長寿のベストセラーとなって、今や押しも押されもしない新古典の一書に数えられている。上梓から十五年を経てフルガムが自著を読み返し、増補改訂を思い立った経緯は冒頭に述べられているが、この間かれこれ一昔半、世界も日本もずいぶん変った。

物の本によれば、かつては三十三年を一昔の区切りとしていたが、やや下って二十一年になり、その後、さらに縮まって十年が一昔になったとある。ことほど左様に、世の中は時代とともにめまぐるしく変転する。それから言えば、この十五年は二昔、いや、三昔の変化を閲した時期かもしれない。事実、世界地図は塗り替えられ、経済情勢も、社会通念も価値観も、おそらくは『幼稚園』が世に出た時、誰も想像だにし得なかったろうほど様変りしている。ならば、著者フルガムはこの新編で世の中の大きな変化をどのように捉えているだろうか。旧版に親しんだ読者には、ページ数にして約半分に当たる増補が、ほとんど継ぎ目なしに前作と融合していることが明らかなはずである。だといって、フルガムが変化を意識しなかったことにはならない。事実はその逆で、眼前の変化が急であればあるほど、フルガムは同じ話術で語らなくてはならなかった。それこそが改訂の真意であるとは、今さらここに言うまでもない。すなわち、不易流行である。ものみなすべてが移り変る中で、貫く棒のごときもの。著者フルガムが見据えているのはこれである。

フルガムが基本的なところで人間の真理を衝いて大衆の心理を捉えたことは旧版のあとがきでも指摘した。かつてフルガム現象と言われた『幼稚園』への共感は今も色褪せず、英米ではインターネットを通じて友人知人に幼稚園のクレドを紹介することが流行っていると聞く。座談の名手であるフルガムの、諧謔に満ちた閑話はこの先も新鮮な喜びをもって多くの読者に迎えられるに違いない。旧版は混迷の現代社会に過剰なストレスを負って生きる人間にとって「得難い一服の清涼剤」と評されたが、思えば社会は当時よりいっそう混迷の度を増している。この新編が以前の読者に十五年をふり返って今一度、思索に遊ぶよすがを提供し、併せて新しい読者を得るならば、幸いこれに優ることはない。

邦訳に当たっては、河出書房新社編集部の田中優子さんにひとかたならずお世話になった。記して鳴謝する次第である。

二〇〇四年孟春

池　央耿

『人生に必要な知恵はすべて幼稚園の砂場で学んだ』は、小社より一九九〇年五月に単行本が刊行され、一九九六年三月に文庫化されました。のち、著者自身の意向により二十五章を補筆し、改訂した単行本『新・人生に必要な知恵はすべて幼稚園の砂場で学んだ』が二〇〇四年三月に刊行され、二〇一六年三月に改題のうえ文庫化されました。本書はその新装版です。

kawade bunko

人生《じんせい》に必要《ひつよう》な知恵《ちえ》はすべて幼稚園《ようちえん》の砂場《すなば》で学《まな》んだ 決定版《けっていばん》

二〇一六年 三 月二〇日 初版発行
二〇二四年 一 月一〇日 新装版印刷
二〇二四年 一 月二〇日 新装版発行

著 者 R・フルガム
訳 者 池央耿《いけひろあき》
発行者 小野寺優
発行所 株式会社河出書房新社
〒一五一－〇〇五一
東京都渋谷区千駄ヶ谷二－三二－二
電話〇三－三四〇四－八六一一（編集）
〇三－三四〇四－一二〇一（営業）
https://www.kawade.co.jp/

ロゴ・表紙デザイン 粟津潔
本文フォーマット 佐々木暁
印刷・製本 中央精版印刷株式会社

Printed in Japan ISBN978-4-309-46794-8

哲学はこんなふうに

アンドレ・コント＝スポンヴィル　木田元／小須田健／コリーヌ・カンタン〔訳〕 46772-6

哲学するとは自分で考えることである。しかしどのように学べばよいのか。道徳、愛、自由、叡智など12のテーマからその道へと誘う、現代フランスを代表する哲学者による手ほどき。

ゆるく考える

東浩紀 41811-7

若いころのぼくに言いたい、人生の選択肢は無限である、と。世の中を少しでもよい方向に変えるために、ゆるく、ラジカルにゆるく考えよう。「ゲンロン」を生み出した東浩紀のエッセイ集。

正直

松浦弥太郎 41545-1

成功の反対は、失敗ではなく何もしないこと。前「暮しの手帖」編集長が四十九歳を迎え自ら編集長を辞し新天地に向かう最中に綴った自叙伝的ベストセラーエッセイ。あたたかな人生の教科書。

ウンベルト・エーコの文体練習［完全版］

ウンベルト・エーコ　和田忠彦〔訳〕 46497-8

『薔薇の名前』の著者が、古今東西の小説・評論、映画、歴史的発見、百科全書などを変幻自在に書き換えたパロディ集。〈知の巨人〉の最も遊戯的エッセイ。旧版を大幅増補の完全版。

私が語り伝えたかったこと

河合隼雄 41517-8

これだけは残しておきたい、弱った心をなんとかし、問題だらけの現代社会に生きていく処方箋を。臨床心理学の第一人者・河合先生の、心の育み方を伝えるエッセイ、講演。インタビュー。没後十年。

生きるための哲学

岡田尊司 41488-1

生きづらさを抱えるすべての人へ贈る、心の処方箋。学問としての哲学ではなく、現実の苦難を生き抜くための哲学を、著者自身の豊富な臨床経験を通して描き出した名著を文庫化。